リオ
ACTER

ノア
CHAR

CONTENTS

雷帝と呼ばれた最強冒険者、魔術学院に入学して一切の遠慮なく無双する3

五月蒼

BRAVENOVEL
ブレイブ文庫

プロローグ

静まり返るレグラス魔術学院。

普段は魔術の訓練や授業、生徒同士の会話や自然界の音で賑やかなこのレグラス魔術学院も、魔の時間である夜にはこうしてヒンヤリと冷たい静寂が訪れる。

しかし、今日ばかりはその静寂のニュアンスが異なっていた。

神経を研ぎ澄ませ、耳を澄ませば伝わってくるのは、疲れを癒し明日へと備える寝息ではなく、他の生徒を起こさないようにとベッドの中で息を殺す気配だ。

今日ばかりは、眠れぬ生徒が多かった。

歓迎祭の予選の熱も冷めやらず、未だに目を覚ましている生徒が多くいた。

予選敗退に悔し涙を流す者、予選での戦いに満足感を覚え噛みしめている者、本戦進出に興奮する者。

あるいは、友達や後輩、親友の活躍に未だ胸が躍っている者。

歓迎祭に纏わるあらゆる物事において、その興奮は普段なら寝静まるこの時間にも未だに燻ぶる炎のように残っていた。

学院全体が熱に浮かされていた。

「今年も豊作かな」

学院の本校舎、その一室で男がそう呟いた。

歴戦の猛者のような雰囲気を纏った白髪で初老の男。眼前に並べられた本戦出場者のプロフィールを眺めている。

プロフィールを一枚一枚手に取り、順々に見ていく。

「レオ・アルバート、ルーファウス・アンデスタ、ニーナ・フォン・レイモンド……。実力も血筋も申し分ない、確実にこれからの魔術界を担う魔術師たちだ」

彼らは遅かれ早かれ頭角を現す存在だ。

その中でもとりわけ規格外の魔術師が一人いる。

「リオ・ファダラス……あの問題児か。……彼女なら、優勝は堅いだろうな」

これまでの成績や知名度からすれば、リオ・ファダラスとレオ・アルバートの二人は頭一つ抜けている。

とりわけ、リオ・ファダラスに関しては魔術そのものが強すぎる。相性というものがほぼないと言っていい。彼女の優勝は、何も彼だけではなく、魔術界で生きる者、魔術に関してそれなりの知見があるものならば誰でもそう考えていた。

だが、白髪の男にはもう一人気になる男がいた。

白髪の男は一番下に回されていたプロフィールを取り上げる。

そこには、銀色の髪をした少年が写っていた。

「ノア……アクライト」

先日のアイリス皇女の救出の件に加え、演習でキマイラを討伐したという話も聞く。

そして学院の門番たる自警団のハルカや、あの異端児ベンジャミン・ドマまでもが、彼に一目置いている。

不思議な現象だ。

今までも平民でありながら魔術を上手く使う生徒はそれなりにいた。

だが、ここまで注目される存在となった者はいない。

入学前の情報はほとんどない。

魔術界はそれほど広くない。何か実績があれば、誰かしらの耳には入っているはずなのだ。

だが、それがない。

「果たして君は本物かな……？」

白髪の男はそう呟き、プロフィールを元の位置に戻す。

並んだ八人の写真は、まさに本戦を飾るのにふさわしく見えた。

白髪の男はその豪華な一人がけの椅子から立ち上がると、窓の外に視線を移す。

深い黒で染まる学院は、今にも動き出しそうな雰囲気を醸し出していた。

「いよいよか」

白髪の男はそう呟く。

彼こそは、六賢者の一人にしてこの学院の学院長――ユガ・オースタイン。

彼は深夜の学院長室で明日の歓迎祭の本戦出場者のプロフィールを眺め、その行く末に想いを馳せていた。

歓迎祭は何も生徒だけのイベントではない。

今年の新入生の豊作具合を内外に知らしめるためであり、それはひいては将来的な学院の地位を決定づける要因にもなり得るものだ。

「楽しみだな。若葉が芽吹くのが」

ユガ・オースタインは、夜のレグラス魔術学院を眺めながら一人静かに微笑んだ。

第一章　ダークホース

「今日は本当に疲れたぜ……」

「だな」

ふぅ、とため息交じりに俺はアーサーの言葉に同意する。

学院にある共同の浴場。

広さからして、同時に入れる生徒たちの人数は三十名程度。だが、ここことは別にこれまた共同のシャワー施設もあるため、湯船が満杯になるほど同時に生徒たちが押し掛けることはあまりない。

その浴場の中央奥にある一番広い風呂に浸かり、その縁で両手を広げながら俺たちはだらんと脱力し湯船に身体を預けていた。

お湯による僅かな浮遊感を感じながら筋肉の緊張を緩和する。その脱力感が何とも心地よい。ストレスからの発散、弛緩した肉体が束の間の休息を感じる。

少し熱いと感じる湯の熱が俺たちの血行を促進し、二人とも運動後のように僅かに顔が紅潮する。

これが極楽か――。

そんなことを思いながら、俺はただ静かにお湯に身をゆだねる。

それなりに広い上、シャワー室も別であるからといって、浴場は混まないわけではない。

とりわけ今日のような一大イベントがあった日などは、みんなこぞって湯に浸かり疲れを癒しに来るものだ、とアーサーが熱弁していた。

俺もさすがに混んでいるのは御免被りたかったため、敢えて少し時間をずらして浴場へとやってきた。

ピークタイムを過ぎた浴場には人影はなく、完全に貸し切り状態だった。

「長い一日だったなあ」

一日で予選をすべて終わらせるというだけあり、そのスケジュールは詰め詰めで、結局一日中出ずっぱりだった。

あれくらいの連戦や大勢との戦いはモンスター相手で慣れているが、アーサーなんかはそういった経験もないだろうし、その疲労具合は想像以上だろう。

「…………はあ」

隣から、アーサーのため息が聞こえる。

長い髪の毛がまるで女性のようで、髪を頭の上でお団子のように束ねている。

やはり予選敗退をしたのはそれなりに効いているのか、ニーナやクラリスの前では元気に振る舞っていたが、今はそんな気配はなく、ぼんやりと湯を眺めている。

――沈黙。

ぴちゃん、ぴちゃん――と、水滴が落ちる音が浴場に木霊する。

まるで時間がゆっくりになったような錯覚を覚える。

『あははは……』

隣の女子風呂から、甲高い女の子の声が聞こえてくる。

どうやら俺たちと同じようなことを考えていた女子がいたようだ。貸し切りの風呂にテンションが上がっているんだろう。

さすがにこれは反応せざるを得ないだろうな、と俺はちらっとアーサーの方を見る。

しかし、どうやらその声すら気付いていない様子で、アーサーはただただ疲れて虚ろな目をしている。

冗談だろ？

目の前に肉があるのに飛びつかない肉食獣、高いところから落としたのに地面に落下していかない物体……その光景は、まさにそれくらいに有り得ないものだった。

「……こりゃ重傷だな」

俺はそう呟き、天を仰ぐ。

「え？」

そこで初めてアーサーが俺に反応する。

「な、何か言ったか？」

アーサーは作り笑いを浮かべながら、そう聞き返す。

「なんでもねえよ」

「お、おい、何だよ教えろよ！」

アーサーはぐっと俺に近づいてくると、ニヤニヤ笑いながら小突いてくる。

これも空元気ってことか。

「いいから、さっさと浸かって、今日は早めに上がろうぜ。疲れただろ」

「つ、疲れてねえ‼」

アーサーは勢いよく立ち上がり、必死で俺の言葉を否定する。

しかし、立ち上がったはいいものの、そのまま少し硬直すると、しなしなと萎れていき、ちゃぷんと湯に戻る。

「いや……はは、そう……かもな。何だか本調子じゃねえのかも」

「だろ？　疲れるのなんて普通だっての。それより、体力をさっさと回復するのも魔術師の仕事だぜ？　魔力と体力、精神力ってのはそれなりに関連するからな。今後連日戦いになった時もそうやって疲れてるから調子出ないとか言い訳するつもりか？」

うぐっ、とアーサーは苦い顔をする。

「そう……だな。確かに。意地張っても仕方ねえか」

アーサーはガシガシと頭を掻くと、渋々納得する。

まあ、アーサーの場合は体力だけじゃなく、心の方もそれなりに疲弊しているんだろうけどな。

家の復興を掲げ、相当な意気込みで臨んだ歓迎祭。

本戦に行くのはずっと目標にしていたはずだ。だが、レオによりその野望は打ち砕かれた。

アーサーもいい線いってたんだけどな。

レオの方が一枚上手だった。

そしてまた束の間の沈黙が流れる。

少しして、ざぱんと勢いよくアーサーが立ち上がる。

「……出るか」

「おう」

そうして俺たちはさっと風呂を上がり、ぱぱっと着替えると挨拶もそこそこに、また明日とだけ言って別れた。

離れていくアーサーのその背中には、哀愁が漂っていた。

元気だけが取り柄な分、折れると意外と弱いのかもな。

まあ、時間が解決するさ。

俺たちはお互いに傷を慰め合うような関係じゃない。

お互い切磋琢磨して高みを目指す関係だろ？

それに、アーサーなら寝ればすぐ機嫌も直るさ。あいつは単純なのが取り柄だしな。

俺がそのまま寮の部屋へと戻ると、既に反対側のベッドでは同室の生徒が寝る準備を整えていた。

長い前髪をした茶髪の少年——リックは、俺が帰ってきたのに気が付くと、持っていた本を閉じこちらを見る。

「お帰り、ノア君」

「おう、ただいま」

俺はドサッとベッドに座り込む。

「いやあ、それにしてもさすがノア君だね」

おもむろにリックが言う。

「何が？」

「歓迎祭だよ！」

リックは興奮気味に声を張り上げる。

「僕はそりゃあ予選で呆気なく敗退したけど……けど、友達である君が本戦に出場なんて、僕はもう興奮しちゃって……！」

と、リックは興奮で身体を前後に揺さぶりながら力説する。

「んだよ、自分が本戦行くのはそんな興味なかったのか？」

「うっ……いや、そりゃ僕もノア君みたいに強かったらそうしたかったけど……」

リックは申し訳なさそうな顔で頬を掻く。

お世辞にもリックは魔術戦闘が得意なタイプではない。

優しすぎると言うべきか、臆病と言うべきか。魔術で人を傷つけるという行為に根本から抵抗感があるタイプだ。

そのせいもあって、実技での評価は常に低い。

「冗談だよ、悪かった。ありがとな、応援してくれて」

「う、うん！　僕はほら、魔術研究の方面で貢献したいと思ってるから、戦闘は……じゃなくて、とにかく凄かったよ！　それに、アイリス皇女の件、やっぱり君だったんだね、ノア君！」

リックはさらに目を輝かせて詰め寄る。

やっぱりそこも気になっていたか。

「まあな」

「くう！　さすがノア君、クールだね相変わらず！」

かっこいい！　とリックは噛みしめるように零す。

こいつは俺を何だと思ってるんだか、と思わず笑ってしまう。

「皇女様だからね、相当な功績だよ！　それに、アイリス様は美少女だからね……羨ましい」

リックは恍惚とした表情を浮かべる。

さすがアイリスと言うべきか、これだけ真面目なリックですら、あの美少女の美貌にはイチコロらしい。

まあ確かにアイリスは可愛いが、ニーナやクラリスとそんなに違うようにも見えないんだけどな。

「とにかく、同室の者として鼻が高いよ！　明日も絶対頑張ってね！　応援するからさ」

「おう、まあ見とけよ。優勝すっから」

「さすがノア君だ……！　おっと、寝るよね!?　ごめんごめん、うるさくしたら明日に響くね。それじゃあ僕は先に寝るよ、また明日ね！」

そう言ってリックはさっさと布団に入ると、おやすみと挨拶して眠りに移行する。

やれやれ、騒がしい奴だな。

だが、確実に俺への評価が学院全体で変わってきているのを感じる。

シェーラの課題もあるが、何より俺自身がこの闘いを制したいと思っていた。

◇　◇　◇

「…………」

俺は暗闇の中、静かに身体を起こす。

辺りは暗闇に包まれ、隣からリックの静かとは言えない寝息が聞こえてくる。

そんな中、俺は静かにベッドから這い出ると、窓の外を見る。

月明かりの下、幻想的な夜の黒い学院が影絵のように窓を彩る。

「――二人か」

俺の眠りの時間を妨げた狼藉者。

ちくちくと刺さる敵意の籠った魔力反応。

明らかに、この学院では異質な反応だ。

その敵意に満ちた魔力に反応し、俺は自然と目が覚めた。

それは、モンスターを警戒しながら一人で夜の森を過ごさなきゃいけなかった経験から身に付けた技術だった。

モンスターに寝込みを襲われれば、いくら魔術が得意であってもどうにもならない。睡眠中というのは、人間にとって一番無防備な状態だ。しかし、いくら無防備だからといって寝ないで何日も戦い続けるのはいずれ限界が来る。

そうして身に付いたのが、寝ている間も警戒を怠らない術だ。

俺は敵意を感知すれば、たとえ寝ていようと自然と反応できる。

「こんな時期になんの用だよ一体」

今、この学院に二人敵意を持った魔術師が侵入していた。

何が狙いか。歓迎祭中のこの学院は、周囲からの注目度が桁違いだ。敢えてその難しい状況を選んで侵入してくるとなると、それなりに自信がある奴の犯行なんだろうが……。

しかし、俺に簡単に見つかるあたりろくに気配遮断が使えていないようだし、それほど高位の魔術師でもなさそうだ。なんだかちぐはぐだな。

この程度なら放っておいても他の奴が勝手に気が付いて対処するだろうが……これが原因で歓迎祭が延期だの中止だのになっても困る。

面倒だが、騒がれる前にさっさと解決してしまうのが得策か。

「起こされた恨みもあるしな」

俺は窓を開ける。

ぶわっと少し冷たい夜風が吹き込み、髪がふわっと舞う。

そして、窓枠に片足をかけ、魔力の反応があった方向を見る。

あっちは……女子寮の方か。

寝込みを襲うだの、下着を盗むだの、そんなくだらない目的だったら許さねえからな。

俺は一気に魔力を練り上げる。

足元に浮かび上がった魔法陣から、バチッ!!　と閃光が弾ける。

身体中に電撃が走り、次の瞬間、勢いよく飛翔する。

この闇夜の中に走る閃光は、他の人が見れば流れ星か、あるいは雷かと錯覚することだろう。

景色が高速で後ろに流れていき、そして。

バシンッ!!

と炸裂音が響き、俺は思い切り地面に着地する。

「「!?」」

舞い上がる砂埃、そして吹き荒れる突風。

その場にいた先客は、驚いた様子で慌ててこちらを振り返る。

薄れていく砂埃の向こうに、俺はその姿を視認する。

やはり二人か。

「よう、なんか用？　この学院に」

俺は一瞬にして女子寮の前庭へと移動してきた。

目の前には、ローブを着た男女が二人。

赤髪の女と、茶髪の男。

「な、なんだお前は!?」

「どこから来たのよ!?」

俺の突然の出現に、二人は額に汗を垂らしながら慌てた様子で声を張り上げる。

明らかに想定していなかったという反応だ。

――いや、というフリかな。

「そっちこそどこから来たんだよ。許可を貰って入ったようには見えねえコソコソっぷりだけど」

「お、俺たちはなんでもない！　た、ただ設備の点検を頼まれて……」

「そ、そうよ！　何、何か文句でもあるの!?　私たちの仕事を邪魔しないで！　邪魔をすれば後で学院長にクレームを入れるわよ！」

その発言を、俺はフンと鼻で笑う。

「ビビってるフリなんてやめな。あんたらがそれなりに準備をしていることはわかってんだよ。俺には効かねえ」

「何を――」

俺は男の後ろの方を指さす。

「わかってんだよ。その右手。後ろに回して何をしようとしてる？　剣でも取り出そうってのか？　ほう、てことは魔剣士か」

「！」

男女は、そこで初めて本当の意味で動揺していた。

「い、いや……だから、これはその——」

と、言いかけた赤色の長髪をした女性を、左の茶髪の男が制止する。

「まて、リリス。どうやら無駄みたいだ。こいつ……ノア・アクライトだ」

「ノア……えっ⁉」

女性はびくっと身体を震わせる。

二人はじっと俺を見る。

その眼は見開かれ、一瞬にして緊張が走るのがわかる。警戒度合いが一気に跳ね上がっていた。

さっきまでの様子見をするような雰囲気ではない。

どうやら俺のことを知っているらしい。

どんな噂で知ったかは不明だが、光栄なことだね。

「あれ、俺って結構有名人？」

しかし、二人は俺に返事することなく神妙な面持ちで顔を見合わせる。

男は服の下に隠していた剣を取り出し、構える。

ぼうっと剣が光り、闇を僅かに照らす。

魔剣士だが、剣の方を強化するタイプか。

ということは、素の剣術に自信があるタイプ。レオに近いな。

「カイさん、やるんですか⁉」

「あの方に迷惑が掛かる、目撃者は生かしておけない……！」

慌てた女が声を張り上げる。

「けど、彼は……！」

「ちっ、厄介な存在だ。……仕方ない、生け捕りだ、持ち帰る！」

その言葉に、カイは顔を歪ませる。

なにやら物騒な話だな。

あの方とやらが、何かしらの理由で俺を気にかけている？

それとも殺したくないのだろうか。何だか事情がよく見えてこないな。

だが、俺には関係のないことだ。

「何だよ、俺と戦うってのか？　だったら、手加減できねえぜ？」

「余裕だな、ノア・アクライト」

二人は俺に対し臨戦態勢を取る。

そもそも、こいつらの目的は何だろうか。

女子寮ということから、誰かを狙っていたのは確実だろう。

まあ、この学院には貴族も多い。狙われる可能性がある奴がいてもおかしくはないか。

もう少しで朝だ。

こんな時間に起こされて、機嫌が悪くならないやつがいるなら教えて欲しいね。

今は侵入だの、目的だのは関係ない。ただ、俺の都合でさっさと終わらせてもらうぜ。

「眠りを妨げた報いは受けてもらうからな」

「「……」」

ごくり、と二人が唾を飲み込む音が聞こえてくる。

「本戦前の肩慣らしだ。折角だから少し昂ってた気持ちをぶつけさせてもらうぜ。そうすりゃぐっすり寝れるだろうからよ」

俺も、二人に合わせて構えを取る。

「ついでに、ここへ来た目的も吐いてもらうぜ」

「ふん、いくらあの方に一目置かれているとはいえたかが新入生！　俺たちのように実戦を積んだ本物の魔術師には勝てない！」

「そうよ、私たちは最高のパートナー。私たちのコンビネーションに勝てるかしら……！」

二人は余裕の笑みを浮かべる。

確かに熟練のツーマンセルを崩すのは生半可なことではないだろう。

それはモンスター相手でも対人でも同じはずだ。

油断してはいけない。まずは冷静に相手の様子を……。

が、見れば見るほど、二人の動きにぎこちなさを覚える。

距離感も離れすぎてフォローできないし、剣を持つ手も思いの外拙い。

これは……別に警戒する必要もないが……あの剣に付与した魔術が何かわからない以上、迂闊に攻撃しない方がいいか。剣に掛ける魔術には、魔術をレジストするものもあるという。なら。

俺は、ゆったりと構える。

その構えに、カイとリリスは厳戒態勢を敷く。

「気を付けろ、奴は雷を使う」

「わかってるわ。動きがあればすぐ対応――」

「〝フラッシュ〟」

「「!?」」

瞬間、高速で移動した俺の姿を、二人は捉え切れない。

「消え――」

「おせえ」

最速で背後を取った俺は、高速で手刀を打ち込む。

二人は俺の攻撃を防御するそぶりも見せず、完全な不意打ちの形で手刀を受ける。

「がっ……！」

「何が――」

二人は何が起こったのか全く状況を掴めないまま、膝から崩れ落ちると、白目をむいてその場に倒れこむ。

手に持っていた剣はカランと音を立て、地面の上で跳ねる。

「……えっ？　あれ」

呆気ない幕切れに、俺は思わず素っ頓狂な声を漏らす。

「お、終わりかよ……あまりにも弱すぎるだろ。本当に何か狙ってたのか、こいつら？」

まさかこいつらは陽動で、本体が別にいる……なんてことはなさそうだな。

学院内は静かなものだった。

だとすると、余計にわからない。何がしたかったんだこいつらは。

俺は倒れている二人のもとへ寄る。

二人とも気持ちよさそうに倒れている。本当にあの手刀で終わったようだ。

俺は二人の近くで屈むと、適当にポケットやらフードやらを漁る。

何か手掛かりになるものがないか……。

しかし、特に何も出てこない。

持っているのは剣だけ。それも、拾い上げてよく見てみると、銘もないようなナマクラだ。

いよいよもって、本当に何をしに来たのかわからない。

「やれやれ、何もな――」

と男のローブを適当に揺すっていた時、一枚の紙がひらひらと地面に落ちてくる。

見落としていたものがあったようだ。

俺はそれを拾い上げると、指をパチンと鳴らし、指先に雷を炸裂させ簡易的な光を作る。

これで紙がよく見える。

「……これは……」

そこには一人の少女の姿が映っていた。

赤い髪をした、笑顔の少女。

俺はその少女に見覚えがあった。なんせ、入学前からの付き合いだ。

そう――公爵令嬢である、ニーナ・フォン・レイモンドだった。

「狙いはニーナ……てことは、こいつら公爵令嬢暗殺を狙ってたのか？」

にしては杜撰すぎる。だが、仮に俺が気が付かなければ、相当近くまで侵入されていたのは間違いない。

危なかった。今頃ニーナはあいつらにやられていたかもしれない。まあ、ニーナなら返り討ちにできた可能性が高いが。

俺はその紙を見ながら、腕を組み考える。

歓迎祭中の暗殺……少しきな臭いな。

敢えてこのタイミングなのは何故だ？　公爵令嬢に活躍して欲しくない集団がいる？

それとも、本戦でニーナと当たる誰かの差し金か……。

ニーナの立場上、命を狙われる可能性は至る所にある。

セレナの時と同じく、公爵家特有の事情か……。

——とその時、さっきまで寝ていた二人が急に覚醒し、ガバッと起き上がる。

「！」

俺はさっと飛びのき距離をあける。

こいつら、意外とタフだな。気絶からの覚醒も早い。

なら、もう一度——。

と、俺が二人に向けて手を構える。

しかし、二人の様子はどこかおかしかった。

身体を起こしはするが、立ち上がろうとはしない。

目は虚ろで、ぼんやりと宙を見つめている。

「？」

唖然としている、というのがしっくりくる様子だった。

何が何だかわからないといった感じで、まるで病院のベッドで目覚めたかのように、二人はキョロキョロと辺りを見回す。

その表情はどこか不安げだ。

「あ……え……？」

「ここどこ……？」

「はあ？」

俺は思わずまた素っ頓狂な声を漏らす。

こともあろうに、ここはどこ？　ときた。

確かに気絶させはしたが、頭は打っていない。俺の攻撃で記憶が飛んでいる可能性は極めて低い。

だとすると、最初のように下手な演技というわけだが……何故だか今の様子は本当のように思えた。

二人は完全に混乱していた。

挙動不審になり、オドオドした様子だ。

「お前らなに――」

「「うわあ!?」」

二人は俺の存在にびっくりして跳ね上がる。

「だ、誰ですか、私をここに連れてきた人ですか!?」

「な、何でもするから許してくれ!!」

「……はあ？」

さっきまでと明らかに違う反応だ。

俺のことをノア・アクライトだと認識していたはずだし、この男も命乞いをするようなタイプでもなかった。

それが、まるで何も知らなかったとでもいうような反応。

人が変わったかのような感じだ。

「まさか……」

催眠、あるいは……記憶操作……それによる、傀儡と言ったところか。

なるほど、敵地に送り込んでも記憶がなければ捕虜になろうが関係ないというわけだ。それなら、特に実力がなくとも、試しに送り込むということもできる。こいつらのように。

用済みになればすべてリセットするように設定された駒……人間とは思えない非道さだな。

だが、有効な手だ。やられた。

これでこいつらのリーダーも、何のために忍び込んだかの目的もわからずじまいだ。

「これ以上こいつらを詰めてもあまり意味はないか」

俺は大きくため息をついた。

「仕方ない、面倒な後処理はさっさと自警団にまかせよう」

俺は自警団の連中を見つけ、二人を預ける。これで何かわかればいいが……望み薄だろうな。

こうして、とりあえずの危機は去った。

相変わらず命を狙われるニーナに、俺は少しだけ同情した。

「明日は会場の警備を増やそう」

隣に立つハルカが言う。

「毎年なにかあるんだ、歓迎祭は。それだけでかいイベントだからな。この様子だと、明日だって何かあってもおかしくない。警備レベルを引き上げるとする」

「そりゃ頼もしい」

「ふ、期待しておけ。では、私たちはこれで。協力感謝する。ああ、そういえば――」

「いや、俺は自警団には入らないっすよ」

俺はハルカが勧誘する前に先手を打っておく。どうせまた勧誘だろうからな。

その返事を聞き、ハルカはやれやれと肩を竦める。

自警団は二人の侵入者を連行して去っていった。

それにしても、ニーナを狙った犯行……誰の差し金だろうか。

記憶操作や人間の意識を操作できる魔術なんてそうそう存在しない。

王位争いに巻き込まれたか、公爵家に恨みを持った者の犯行か。あるいは、俺が想像すらできないような何かか。

「……わかんねえな」

今考えてもどうしようもないことだ。

俺は踵を返し、寮へと戻る。

記憶を消したのなら、自警団が取り調べしても、その後騎士団に引き渡したとしても情報は引き出せないだろう。つまり、黒幕は謎のまま……すぐに次の行動を起こしてもおかしくはない。

俺は静かに女子寮の方を振り返る。

歓迎祭中だが、警戒はしておかないといけねえな。

何も起きなければいいが。

◇　◇　◇

——翌日。

外は快晴。普段通りに俺は食堂の席に座り、お決まりの朝食を食べる。

正面には、赤髪に翡翠色をした瞳のニーナ、その隣には金髪碧眼のクラリスが座っている。

しかし、普段と同じ朝食とは裏腹に、食堂の空気はいつもよりざわざわとざわつき、どこか浮かれた様子だ。

それもそのはずだ。何故なら、とうとう今日、歓迎祭の本戦が始まるのだから。

食堂の至る所で、新入生から上級生まで、今日の本戦がどんな展開になるのか予想する声を上げている。

歓迎祭の本戦は八名によるトーナメント戦。

俺たちのクラスからは、俺に加え、ニーナ、クラリス、レオの計四名が進出しており、実に全体の半分を占めていた。

歓迎祭という一大イベント。本戦に残るのは名誉なことだと皆が口をそろえて言う。早起きしている生徒たちから羨望の眼差しが注がれているのがヒシヒシと伝わってくる。

勿論、俺たちに向けられる視線はそれだけじゃない。

昨日のレーデの一件。レーデによるアイリス救出の嘘。

アイリスと俺との繋がり、俺が本物の〝赤い翼〟潰しの英雄だとバレたことによって、より一層注目されているのだ。

そしてその事件の当事者であるレーデ・ヴァルドは、昨夜一度目を覚ましたらしいが、それからまた深い眠りに落ち、まだ目が覚めていないらしい。

俺の攻撃はそれほど深いダメージを残すものではなかったはずだが、何かあったのだろうか。

殺しちまったとかはねえよな……？　念のため本戦が終わったら見舞いにでも行くか。

「よう、お三方！」

不意に、高らかな声が聞こえる。

「アーサー」

紺色の長髪を後ろで一本に束ねた男――アーサーが、俺たちが座って朝食を食べているところへ颯爽と現れると、カラッとした笑顔でそう言う。

昨日はかなり効いているような顔をしていたが、もうすっかり元気になっているようだ。

その様子をクラリスはジトーッとした目でチラッと見ると、薄っすらと笑みを浮かべながら弄るように言う。

「あんたねえ、予選落ちしたってのに随分元気じゃない」

「あはは、いやーまあそれは悔しいけどよ。……俺の実力不足ってやつだ、しょうがねえ」

そう言いながら、アーサーは俺の横に腰を下ろす。

「アーサー君――」

「おっと、ニーナちゃん。別に憐れむ必要ねえぜ？　ぜってえ今回のことをただの失敗で終わらせねえって昨日一人誓ったからな！　今回は駄目だったが、まだまだトップの座を狙うチャンスはあるんだ！　それまでにもっともっと強くなってやるぜ」

そう言い、アーサーはニカっと笑う。

どうやらそれほど引き摺ってはいないらしい。

「まったく、さすがだな。お前なら、いずれは強くなるさ」

「おいおい、ノア、いずれはってなあ……」

アーサーはくわっと顔をしかめて、俺を見る。

「一朝一夕じゃあ強くなれねえよ」

「！　そ、それは正論……！　まあ、すぐに追いついてやるさ！　見とけよ！」

アーサーは満面の笑みでそう言い切るのだった。

「でだ、知りてえか？」

「何がよ」

クラリスは興味なさげに適当に聞き返す。

「なになに？」

一方でニーナは興味ありげだ。

「お前たちの人気投票だよ」

「んっ、どういうこと？」

ニーナは不思議そうに首をかしげる。

するとアーサーはニッと笑う。

「歓迎祭の本戦出場者が決まっただろ？　それでBクラスの奴が新入生の奴らにアンケートを取ってな。誰が優勝するか投票したんだ」

「へえ、興味深いじゃない。で、どうなってるのよ？」

クラリスがノリノリで身を乗り出す。

「もちろん私が一位よね？」

「あーいや……」

詰め寄るクラリスに、アーサーは苦い顔で顔を逸らす。

凄い汗だ。

「はは、どうなんだよアーサー。言ってやれよ」

「えーっと、一位は――……リ、リオ・ファダラス」

「はあ!?　私じゃないの!?」

クラリスは声を張り上げ、ダンと机を叩き立ち上がると、アーサーの胸倉を掴む。

「どーなってんのよー！！！」

「ぐ、ぐるしいい!!」

「おいおい、それくらいにしといてやれよ。アーサーが言ってるわけじゃねえんだから」

「くっ……！　ムカつく……！」

クラリスはふんと腕を組みどかっと椅子に座り直す。

アーサーはげんなりした様子で伸びた服を元に戻す。

「怖え……。と、とにかく、順番に言ってくからな！　別に俺が勝手に決めたんじゃねえぞ！」

そう念を押し、アーサーは聞いた順位を暗唱する。

「二位がレオ！　んで、三位がクラリス、四位キング、五位ニーナ、六位ルーファウス、七位ノア、八位ライセル――だ！」

アーサーは一息に捲し立てると、ハアハアと息を切らす。

と同時に、クラリスの悲鳴に近い声が響く。

「私が三位ぃ!?　二位ですらないっての!?」

「わー私五位なんだ、ノア君より上ってなんかプレッシャー……」

クラリスは激昂の表情を浮かべ、ニーナは不安の表情を浮かべる。

二人とも想像通りの反応だ。

というか、俺が七位か、まあ妥当だろうな。平民で最下位予想じゃないだけでも上出来な方だろうな。

「ノアは正直昨日の予選の影響でもっと上に行くと思ったんだけどよ、他の奴らのネームバリューがさすがに凄すぎた」

「まあこんなもんだろ」

「へっ、余裕だな。リオとレオは僅差で、少し離れてクラリス。キング、ニーナ、ルーファウスも僅差だな。そっからちょっと落ちてノア……で、ライセルは正直ほぼ票が入ってない」

「入ってない？」

「あぁ。なんせみんなこいつが上がってくるなんて想像もしてなかったからな。しかも、勝ったところもいまいちハッキリと見れてねえし。正直なんでこんなところにいるんだって感じだぜ」

そう言い、アーサーは肩を竦める。

確か、Ｆブロックでいつの間にか勝ち残っていたやつか。

あまりに情報がなさすぎるな。他の生徒からしても予想外だったってことか。

「まあでも……一番人気のリオ・ファダラス、魔剣士のレオ、元冒険者のクラリスちゃん、公爵令嬢のニーナちゃん、氷魔術の名家のルーファウス、強化魔術を極めたムスタングを倒した水魔術の使い手キング……こいつらを抑えてノアが優勝なんてことになったら――」

アーサーはニヤッと笑う。

「とんでもないジャイアントキリングだぜ？　きっとこの学院始まって以来の大騒ぎさ」

「そんなもんか？」

「そんなもんだろ⁉」

アーサーはオーバーリアクションで力説する。

「クールすぎるぜノア！　魔術なんてただでさえ名家や貴族でほとんどを占められてんだ。その上、血統による才能ってのは確実にある。その中で、平民で無名の少年がそいつらを差し置いて優勝……めちゃくちゃ燃えるだろ？　長い歴史の中で平民が歓迎祭で優勝した記録はねえ。歴史に名が残るぜ！」

アーサーは俺の肩を掴むと、興奮気味にぐんぐんと揺らす。

「私たちにどうしても負けて欲しいみたいね、アーサーの馬鹿は」

クラリスは腕を組み、トントンと自分の腕を叩く。

「ク、クラリスちゃん……！　あ、いや……だ、だがここは言わせてもらう！　俺は没落名家だ、ノアみたいな無名の生徒に勝ってもらいてえ！　いわば俺たちの希望なんだよ！」

希望か。確かに、こいつら有名どころを倒して優勝するのはさぞかし気持ちよさそうだ。

俺の目的……シェーラの課題の達成にとって最短ルートなのは間違いない。

「ニーナ、クラリス」

「ん？」

「何よ」

俺は二人の方を見る。

「悪いが、今回は俺が優勝させてもらうぜ」

「ふん、望むところよ。私もあんたとは個人的に戦ってみたかったし。私と当たるまでは負けるんじゃないわよ」

「私も負けないよノア君！　この学院に入れてもらった恩は、結果で返すよ！」

ニーナはぐっと手を胸の前で握りしめる。

「はは、楽しみにしてるぜ」

こうして、本戦の時間は刻一刻と近づいていった。

いよいよ、新入生で一番の生徒が決まる。

◇　◇　◇

「がんばれー、ノアー!!　無理言って応援に来たんだから、かっこいいところ見せてよー!!」

観客席から、透き通るような美声が響き渡る。

そう叫ぶのは、またしても侍女エルに座るよう押さえつけられている、隣国の氷雪姫《レヴァエルタリア》。

美しく透明なブルーの髪を靡かせ、白い肌に日光が反射している。遠目でもわかるその存在感。

見ている誰もが釘付けになってしまう美しさ。

まだ幼いながら、その様子はまさに絶世の美少女——なのだが、なんだか今日は一段と子供らしい。

そしてその原因はみんなわかっていた。

全員の視線が、アイリスの視線の先にいる男に注がれる。

――そう、俺である。

昨日この場にいた人間に加え、どうやらどこよりも早く噂を広めた連中がいたらしく、俺がアイリスを救ったことは既に王都中に知れ渡っていた。そのおかげか観客数は例年以上らしい。

そしてもちろんみんな人間だ。

純粋に俺を英雄だと崇める声もあるにはあるが、残りのほとんどはアイリスからダダ漏れの熱い声援を受ける俺への嫉妬である。

会場では歓声に紛れ、ガヤガヤと罵詈雑言も飛び交う。

「うお、ノア大丈夫か？　めちゃくちゃアウェイみたいになってるけど……」

周りの熱気ある喧噪を聞いて、アーサーは怖いものを見たような顔で言う。

「ノア君のことみんな褒めると思ってたら……アイリス様完全にノア君贔屓だからね。嫉妬が……」

「はっ、くだらねえ。俺には関係ねえよ。別に応援されようとも思ってねえしな。今日優勝する。俺が考えてるのはそれだけだ」

だよな、とニーナもアーサーも笑う。

「そうよ。あんたを倒すのは私。こんな空気で萎縮してもらっちゃ困るわ」

そう言いながら、クラリスはフンと鼻を鳴らし俺たちのもとへとやってくる。

その強気な姿勢にあてられ、ニーナも慌てて決意表明する。

「も、もちろん私も負けないよ！　アイリス様がライバル――」

「アイリスがライバル？」

「――じゃ、じゃなくて！」

ニーナは慌てて両手をブンブンと左右に振る。

「アイリス様の……ほら！　応援があっても私だって負けない……的な⁉」

あはは……と、ニーナは何やら取り繕うように苦笑いする。

すると、ふいにぽんと肩を叩かれる。

「んなことより……今、アイリス様のこと、アイリスって呼び捨てにしたか？　ノア」

ゆらりと、呪いの籠ったような目をしたアーサーが、じとーっと俺を見る。

「ん、そうだけど。悪いか？」

「悪いに決まってるだろ！　もう呼び捨てで呼び合う仲か⁉　随分楽しそうだなおい！」

アーサーは悔しそうに地団駄を踏む。

「あのなあ」

「くそ、ノアなんか負けちまえ‼　モテ男が‼」

「急に敵に回るじゃねえか」

「知らん！　ニーナちゃん、クラリスちゃん、絶対こいつ倒せよ！」

アーサーの鼓舞に、ニーナとクラリスはやれやれと肩を竦める。

今朝は俺が勝てば歴史に名が残るとかなんとか言ってたくせに……まったく。

まぁこれだからアーサーは見てて飽きないんだけどな。

『本戦出場者は、控室にお集まりください――』

そう、アナウンスが流れる。

「お、来たか」

「うん！」

「まあとにかく、全員がんばれよな！　応援してっからよ！」

アーサーはニカっと笑い、拳を上げる。

そうして、アーサーを残して俺たち本戦組は控室へと移動する。

その移動の隙を窺っていたかのように、アイリスと俺の関係や真実を聞こうとやじ馬が次々と集まってくる。

「ちょ、ちょっと邪魔でしょうが！」

苛立たしげにクラリスが声を張り上げるが、そんなの気にも留めないといった様子で俺に近寄ってくる。

すると。

「下がって下がって！　怪我したくなかったらそれ以上近づかない！」

と、身体の大きな男たちが俺とやじ馬の間に割って入り、距離を保たせる。

「自警団……！」

レグラス魔術学院の、生徒による自警集団だ。

昨日から、俺たち参加者を護衛してくれている。

すると、そのリーダーである黒髪で凛とした女性、ハルカがふっと俺の傍に寄る。

ハルカは俺を護衛しながらこそっと話しかけてくる。

「随分と立派なことをしたみたいじゃないか」

顔は進行方向を向いたままそう言う。

「そんなつもりはないんだけどな」

ハルカの口角が僅かに上がる。

「君には期待してるよ」

「……どうも」

そうして、自警団はそのまま俺たちを控室へと通す。

中には既にほとんどの本戦出場者がそろっていた。

「はは、凄い人気だなノア」

そう俺に声をかけたのは、赤髪のイケメン――レオ・アルバートだ。

レオは外の様子をチラッと見る。

「今日の客の半分くらいは君を見に来たんじゃないか？」

「大げさだろ」

言いながら、俺はレオの隣に座る。

「お前とか重力姫を見に来たついでに、噂の男を一目見ようっていうただのやじ馬だろ。人気ナンバー2のお前に言われたくねえな」

俺は煽るように肩を竦める。

「人気……？」

レオは眉をひそめ、顎に手を当てる。

少しして、あぁ、と声を上げる。

「あの新入生の中だけでつけた本戦ランキングの話か。はは、僕はあれを真に受けていないよ。ネームバリューや、貴族や名家だからという理由で適当に投票しているだろうからね」

まあ、レオならそう言うだろうな。

貴族にしては珍しいスタンスの男だ。

「みんな見て見ぬふりをしているが、正直言って君の実力は群を抜いてる。やじ馬は君の実力ではなく話題性で集まってきてはいるが……実力はそれ以上だと今日知るだろうね」

そう言い、レオは恍惚の表情を浮かべる。

「……一回戦お前と俺だよな？」

「そうだね」

レオはニコリと笑う。

「にしてはやけに俺を上げるじゃねえか」

「僕は強い魔術の輝きを見たいだけだからね」

「そういやそういうタイプだったな」

「そうさ。僕より強い人間がより輝くのなら、それもまた面白いし、興味深いからね。――けど、初めから負けるつもりは毛頭ないよ。輝きのない魔術を見るくらいならさっさと終わらせるさ。僕を超えて輝くものがいるのなら、見せて欲しいものだね」

そう言い、レオは不敵に笑う。

人気ナンバー2、実力は折り紙付。家柄も才能も頭一つ抜けている。

それに、相手の力量をしっかりと見抜く冷静さと客観的視点を持ち合わせている。

強くなるタイプの魔術師だ。

油断は厳禁、いつも以上に警戒しねえと。

俺は自分が最強だと理解しているが、魔術に絶対はない。

「相変わらず不思議なやつだな。……ま、俺も負ける気はねえよ。ここは通過点だからな」

「ふふ、そうこなくっちゃ。楽しみだよ、君と戦うのが」

◇　◇　◇

会場は盛り上がりを見せていた。

もちろん、アイリス皇女を救った英雄の噂で持ち切りというのもあるが、それだけではもちろんない。

長い歴史を誇る歓迎祭、その本戦ともなれば魔術関係者がこぞって見に来るお祭りだ。昨日の予選では顔を見せなかった大物たちが集まっている。

本戦に出場するメンバーは言わば今年の新入生を代表する魔術師だ。

彼らの出来によって、今年のレグラス魔術学院の魔術師の豊作具合がわかり、それが全国に伝わる。

レグラス魔術学院は大陸一の魔術学院。この中から未来の大魔術師が誕生すると言っても過言ではないのだ。

会場では司会が歓迎祭を進行していく。

漏れ聞こえる声は、控室にいるメンバーにも届いていた。

椅子に座り、ぎゅっと手を握っているニーナ。端の方に立ち、集中しているクラリス。

みなそれぞれ時間を待っていた。そんな中、大胆にもこくりこくりと頭を前後に揺らし、眠りこけているのは、ピンクの髪を長めのツインテールにしている少女。恐らく、彼女がリオ・ファダラスだろう。

やはり天才と言われるだけはあるのか、余裕そうだ。

そして、本日の対戦カードが発表される。


第一試合、クラリス・ラザフォード対リオ・ファダラス。

第二試合、ルーファウス・アンデスタ対キング・オウギュスタ。

第三試合、ニーナ・フォン・レイモンド対ライセル・エンゴット。

第四試合、ノア・アクライト対レオ・アルバート。

どの試合も白熱間違いなしだ。

ほとんど全員が名前が知れ渡る猛者たち。観客たちが盛り上がるのも無理はない。

俺の最初の相手は、レオ・アルバート。正直、俺が見た中では恐らくこの学年で一番強いと思われる男（リオ・ファダラスは見たことないからわからないが）。

相手にとって不足はない。

貴族にして魔剣士の名家。その精神性も強者のそれだ。

前評判もかなりいい。俺が勝つと思っている奴はほとんどいないだろう。レオが圧倒的な強さを見せつけて勝つところを見に来た連中がほとんどだ。

——だからこそ、ワクワクするというものだ。

俺の名をさらに広めるには絶好の相手だ。

期待を背負っているところ悪いが、輝きを見たいなんて言ってられる余裕はないぜ、レオ。

そして、さらに司会は進行し、学院長の挨拶も早々に最初の試合が開始されようとしていた。

「ラザフォードさん、ファダラスさん、間もなく試合開始です」

係員が二人を呼びに来る。

その声に、こくりこくりとしていたリオ・ファダラスはびくっと身体を震わすと、うあっ……？　と変な声を上げ、目を覚ます。

「……んん……時間？」

そう言いながら目をごしごしと擦り、ググっと身体を伸ばす。

「――よっし、さくっと終わらせるか！」

そう言って、リオ・ファダラスはカツカツと靴音を鳴らして外へ向かっていく。

その様子を眺めながら、クラリスは軽くため息をつき、壁から身体を離す。

「クラリス、油断するなよ」

前を通るクラリスに、俺は軽く声をかける。

クラリスはこちらを一瞥すると、ふんと鼻を鳴らし胸を張る。

「当然。私だって伊達に冒険者やってないわよ。相手の危険度くらいわかってるわ」

いつになく慎重気味なクラリスに、俺は少し驚く。

「意外そうな顔ね」

「まあな。お前なら軽く捻ってやるわ、くらい言うかと」

「冗談。私をそこら辺のただの自称最強と一緒にしないで欲しいわね」

とクラリスは肩を竦める。

「冒険者でもない魔術師なんて貴族のままごとだと思っていたけど……彼女は別格みたいね」

昨日の戦いを見て、いつになくクラリスは冷静にリオ・ファダラスを評価していた。

冷静というよりも、少し焦っているように見える。それだけの相手か。

「へえ、クラリスも警戒する相手か」

「私を何だと思ってるのよ……当たり前でしょ。でも負けてらんないわ。あんたを決勝戦で倒すのは私なんだから、覚悟してなさいよ」

「はは、いいねえ。もしかしたら、ヴァンも見てるかもな、この試合」

「えっ⁉　ほ、本当に⁉」

瞬間、クラリスの顔がパッと明るくなる。

クラリスは焦った様子でソワソワとしだし、前髪を触り身だしなみを整え始める。

「さ、先に言いなさいよ！　ああもう、もうちょっと気合入れた格好してくれば良かったわ」

ああ、そうだったそうだった。ギルド本部で会った時はこんな感じで乙女だったな。

普段からこれなら可愛いんだが……まあ、それだとクラリスの良さが消えるか。

「会えるかはわからねえけどな。あの人は神出鬼没だから」

嘘は言ってない。今は表に出てないし。

「そうね、でも弟子が活躍するところはヴァン様もさすがに見たいだろうし……確かに来てるかも！　これは、さらにやる気出していくしかないわね」

クラリスのやる気が一気に上がる。

余程好きなのな。

その目からは、緊張など吹き飛んでいた。

「頑張れよ。期待してるぜ」

「任せておきなさい、ヴァン様に良いところ見せるわ！」

そうして、クラリスは大きく息を吸い、深呼吸をすると颯爽と会場へと向かっていった。

俺はその背中を見送る。

さあ、楽しませてくれよ。きっとヴァンも見てるぜ。

◇　◇　◇

会場はシンと静まり返る。

控室から出た先、特等席とも言える場所で俺たちは闘技場を見つめる。

『第一試合!!　生徒の入場です!!』

司会のハスキーな声に呼応し、会場が振動する。

「いよいよだね。楽しみだ」

隣で、レオはニヤリと口角を上げ、前傾姿勢で食い入るように見つめる。

『リオ・ファダラス！！！』

瞬間、割れんばかりの歓声。

その歓声を背に、一人の少女が闘技場へと姿を現す。

ピンク髪の長いツインテールを振り回し、不敵に笑う少女が、まるで自分の家とでもいうかのような余裕の表情で、ゆっくりと中央へと歩いてくる。

そのオーラは、否が応でも強者の物だとわかってしまう。

重力姫――リオ・ファダラス。予選ではその力を見せ切ることなく快勝した、今大会の優勝候補。

アイリスを救ったのは彼女ではないかと噂されたほどの少女だ。周りからの評価は他の追随を許さない、最強の魔術師。

『クラリス・ラザフォード！』

リオには満たないが、それでもかなりの歓声が降り注ぐ。

クラリスはそんな歓声など我関せず、普段通りスタスタと肩で風を切って中央へとやってくる。

その顔には緊張の様子はない。目に灯るのは、闘志だけだ。

とうとう、第一戦、その最初の二人が闘技場にそろった。

会場全体のワクワクした空気が伝染してくる。固唾を飲んで見守るとは、このことだろう。

リオはぐるっと首を回すと、ニヤリと笑みを浮かべる。

「冒険者だっけ、お前」

「それがなにか？」

「キシシ！　僕の魔術でぺちゃんこにしてやるよ冒険者！」

バーサーカーとも呼ばれるそのイメージに違わず、リオは邪悪に甲高く笑う。

その態度と裏腹に背は小さく、並ぶとクラリスよりも少し小さい。

その発言に、クラリスは呆れるように短くため息をつき、肩を竦める。

「ふん、野蛮ね。まぁその方がいいわ。私はモンスターを討伐するのが本業だから。貴方みたいなモンスターが相手だと気兼ねないわ」

「僕がモンスターみたく強いってこと？」

「モンスターみたく野蛮ってことよ」

「よく言われるよ、まあ、僕ほどの魔術師なら当然だよね！」

嬉しそうに笑うリオ。

しかし、うまく煽りが伝わっていないようで、クラリスはまた呆れて溜息をつく。

「褒めてないんだけど……まあいいわ、かかってきなさい。重力だかなんだか知らないけど、私の炎で焼き尽くしてあげるわ……！」

そうして、二人は向かい合う。

とうとう、歓迎祭、本戦が始まるのだ。

『それでは、両者準備は良いですか？』

二人は司会の言葉にコクリと頷く。

両者とも入学前からその名が知れ渡る強者。注目の一戦である。

『それでは……――はじめっ!!』

開始の鐘が鳴り響く。

瞬間、クラリスは腰の細剣を抜くと、さっとリオへ向けて構える。

重力魔術を使うということは周知の事実だ。

「なら……重力で捉えられる前にぶっ飛ばす!!」

クラリスは体勢を低くし、地面を一気に駆け抜ける。

重力で自由を奪われるより早く、勝負を決めるつもりか。

悪くない選択だ。

しかし、リオは余裕の表情でそれを正面から迎え撃つ。

「みんなやることそればっかりだよねえ。お前は僕に攻撃当てられるかな？　一発撃たせてあげるよ」

楽しげに両手を広げるリオ。

「予選はそんなことしてなかったでしょうが!!」

「本戦からの特別仕様だっ！」

「だったらそれがあんたの敗因ね……！　私は無防備な相手でも躊躇しないわ!!　――炎撃〝五月雨〟！」

刹那、パッと五つの魔法陣がクラリスの前に浮かび上がる。

その魔術発動速度は、普通の魔術師を遥かに超える。

「はあああ!!」

その魔法陣から、クラリスの高速の突きに合わせるように無数の炎の槍が形成され、リオに襲い掛かる。まさに、炎の槍による乱れ突きだ。

圧倒的手数。魔術と剣術をリンクさせた、美しい魔術。

近づけば物理的に剣で串刺し、離れれば炎の槍で串刺し。

遠距離近距離をカバーするクラリスお得意の必勝魔術だ。

これをまともに食らえば、リオといえど、平気でいられるわけがない。

串刺しかまる焼けか。さて、どう対抗するか。お手並み拝見といくか。

――その時、会場がおぉ！　と沸く。

リオの油断で、一瞬のうちに勝敗が決した――わけではなく、リオはニヤリと笑う。

「！」

何かを感じ取ったクラリスが、僅かに顔を歪ませる。

リオの目がギラリと光ると、本能的にクラリスの身体が防御姿勢を取り後退する。

リオは無邪気に手をかざす。

「――〝グラビティ・ボール〟」

「……ッ！」

クラリスは一瞬で威圧感を感じ取り、慌てて後方に飛びのく。

すると、その足の一歩先。ついさっきまで立っていた場所の地面が、ボコンッ！　と異様な音を立てごっそりと抉り取られる。

「なっ⁉」

それだけにとどまらず、クラリスの放った無数の炎の槍は、一瞬にして目の前から消え去った。

――正確には、叩き潰された。

会場の地面は、まるで上から隕石でも降ってきたかのように半球状に抉れていた。

「重力……こういうことね……！」

クラリスの額に汗が滲む。

魔術への反応が遅れれば、あそこでぺちゃんこに潰れていたのはクラリスだっただろう。

「キシシ、まだまだ序の口だよ～！」

すると、リオのツインテールが宙に漂い出す。

確かに重力魔術を使うとは言ったが、まさか。

「ちょ、ちょっと――」

瞬間、リオはフワッと空中に浮かび上がる。

その足は、地面から離れていた。

「――はあ⁉　う、浮くわけ⁉　反則でしょ！」

会場からは割れんばかりの歓声が上がる。

ここまで見事な重力魔術はそうそうお目にかかれるものじゃない。

隣で興奮気味なレオもゴクリと唾を飲み込み、凄いね！　と目を輝かせている。

「重力姫の力、思い知ったか！」

楽しそうに胸を張りクラリスを見下ろすリオ。

「じ、自分で言うんじゃないわよ、恥ずかしい……」

「羨ましいだろう？　そうだろうそうだろう」

「いや、別に……」

反応の悪いクラリスに、リオは少し口を尖らせる。

「つまんない奴。ふふん。悪いけど、僕、この大会ノア・アクライトにしか興味ないから」

「！　……奇遇ね、私もノアを倒すことしか頭にないから。……ふわふわ浮いてパンツ見せびらかしてるところ悪いけど、そろそろ降りてもらうわよ」

瞬間、リオはカッと頬を赤らめると慌ててスカートを押さえる。

「み、見せパンだし！　万死に値するぞ！」

リオは頬を膨らませると、バッとクラリスに向けて手をかざす。

「もう怒った。先生には相手の活躍する場面も皆に見させてあげなさいって言われてたけど、お前にはそんな時間あげないよ、冒険者」

「はん、あんたから貰う必要ないわ。実力で奪い取ってあげる」

「生意気だね。……これを食らってもまだ生きていられてからそんなセリフ吐いてみな……!!」

リオの手の前に、多重の魔法陣が現れる。

その禍々しさだけで、相当の魔力を有した特大魔術だとわかる。ノアの黒雷には見劣りするが、それでも驚異的な魔力量。気分屋のリオはこの一発で一回戦を終わらせようとしていた。

会場のボルテージが一気に上がる。

「ぺちゃんこになりたくなかったらさっさと降参しろ！」

キシシと邪悪な笑みを浮かべるリオ。

しかし、それに真っ向から勝負を挑むように、クラリスは剣を構え、腰を低くする。

「正面から打ち崩してあげる……！　冒険者舐めんじゃないわよ！　あんたくらいのモンスター、狩り慣れてるのよ！」

「これ食らって立っていた人間なんていないんだけど？」

「じゃあ私が最初の魔術師ね」

その言葉に、リオは一瞬ポカンとした後、ニヤリと笑う。

「キシシ！　せいぜいあがいてみなよ!!　――〝グラビティ・レイ〟!!」

多重の魔法陣が、禍々しく、怪しく光る。

ズズズっと大気が重くなる。クラリスの握る剣が、僅かに震えだす。

身体が重くなっているのか、クラリスは顔をしかめる。

その様子にリオは笑みを深め、無慈悲に手を振り下ろす。

「いっっけええぇ！」

「くっ……!!」

瞬間、まるで見えないハンマーが振り下ろされたかのように、地面がボコッ！　と激しい音を立て抉れる。

クラリスの目の前、半径三メートルほどに陥没した地面。

範囲は狭い――が、クラリスは瞬時に察する。これは、連撃だ――。

「もっと――ッ!!」

発動と同時、クラリスは転がるようにして舞台上を駆け抜ける。

矢が降り注ぐように、クラリスの駆け抜けた場所が次々と叩き潰されていく。

「くっ……！　出鱈目……!!」

「あはは！　逃げろ逃げろ～！」

リオは楽しそうに次々と〝グラビティ・レイ〟を振り下ろす。

ボコッと奇妙な音が連続し、闘技場は大量の穴を形成する。

ただでさえ見えない重力による攻撃。一度でも捕まれば、耐えられたとしてもその場に拘束されるのは目に見えている。

クラリスの攻撃は剣術と一体となる魔剣士スタイル。ある程度の近さが必要になるが、リオもそれは承知の上。〝グラビティ・レイ〟による無差別爆撃で徐々にリオとの距離は開いていく。

一切リオに近づけないクラリスに、攻撃手段はない。そもそも、魔術を使う隙すら与えてもらえないのだ。

二人の攻防――というより、リオによる一方的な攻撃はそれからしばらく続く。

次々と襲い掛かる重力による攻撃を、クラリスはすんでのところで避け切っていく。

クラリスは元々冒険者だ。野性の勘ではないが、モンスターによる不意の攻撃などに対処してきた経験がある。目に見えない重力の攻撃も、僅かな空気の揺れや第六感的な反応、そして類まれな反射神経で瞬時に察知し、自分が逃げるべき方向、回避する方向を判断する。

「意外とやるなあ。褒めてあげるよ」

リオは上空で楽しそうに、逃げ回るクラリスを眺める。

「なめてんじゃや……ないわよ……！」

「強がっちゃって。肩で息してるよ？」

「この程度……ウォーミングアップよ……！」

既に息が上がり始めるクラリス。長い間逃げに徹しているが、未だ攻撃のタイミングを掴めていない。

近づこうにも、リオからの攻撃がクラリスの攻撃ルートを制限する。

今は何とか避けられているが、どこかでボタンが掛け違えば、一気に破綻する綱渡りだ。

しかし、一方でリオも同様に、徐々に疲労が蓄積し始めていた。

その不可避の攻撃は、並み居る強豪たちを瞬殺と言っていい速度で叩き潰してきた。圧倒的な才能と力を持つリオの前で、これだけ長く意識を保っていた者はいない。

クラリスの異常な運動能力と、経験、第六感。ここまでしぶとく逃げ回る相手はリオにとって初めてに近いだろう。

その経験が、リオを簡単にイライラさせる。

募った不満は、すぐに短絡的な行動を引き起こす。

「ドタバタドタバタ逃げ回って……いい加減に……ぶっ潰れてよお!!」

無意識に発動した巨大な魔法陣。広大な重力で一気に叩き潰す、さっきまでよりさらに高位の魔術。

空間が歪み、初めて重力姫のその能力が目でも認識できる。会場ではうおぉっと声が上がる。

「悪手だな。クラリスの粘り勝ちだ」

「それを……待ってたのよ！」

クラリスは待ってましたと言わんばかりに笑みを浮かべ、逃げの足に急ブレーキをかけると、一気にリオの方へと方向転換する。

クラリスはリオが巨大な魔術を使った隙、それを見逃さなかった。

いくら有能な魔術師とはいえ、高位の魔術を使う時は必ず隙が生じる。そこを狙えば、一気に相手の懐に飛び込める。発動した魔術は、急には止められない。

「！　けど残念、その程度の速度じゃ私の魔術には間に合わない！」

リオの魔術の発動まで、クラリスの今の速度じゃ到底間に合わない。しかし――クラリスは細剣を後方へ掲げると。

「〝フレイム・バースト〟！」

瞬間、後ろに伸ばした剣から火炎が噴き出る。それは爆発だった。一瞬だけ放出された炎。

その推進力で、クラリスの身体は一気に加速する。

炎による一気加速。冒険者だからこその、経験からくる魔術の柔軟な使い方だ。

「なっ……何その速度！」

さすがのリオの顔も、僅かに曇る。

「はぁあああ!!」

その火力は予想以上で、クラリスの身体が僅かに浮くほどのブースト力。

クラリスはリオの真下まで高速で飛び込むと、もう一度、今度は剣を振りかぶるために「フレイム・バースト」を発動する。

さっきはクラリスをここまで運んだあの爆発が、今度は剣をリオへと襲い掛からせる。

「私の勝ちよ!!　このまま炎でぶち抜く！」

「くっ、対応を――」

「もう遅い！　あんたの魔術は発動中！　避けられるわけがない！」

「僕の負け――」

誰もがクラリスがリオを切り裂いたと思った。

――しかしその時、有り得ないことが起こる。

全員がその目を疑った。

空を覆っていた巨大な魔法陣が、まるで何事もなかったかのようにパッと消滅したのだ。

曇天が晴天に変わったかのように、その変化は見る者全員を驚愕させる。

リオはいたずらっ子のようにベッと舌を出す。

「なんちゃって」

「は……はぁぁぁ!?」

お茶目な顔をしたリオは、首を斜めに傾ける。

「僕、魔術の発動キャンセルできるんだよねえ。まさか、ここまで肉薄する奴がいると思ってなかったけどさ」

そう言い、リオは天に向けて構えていた手を、下から剣を振りぬこうとするクラリスに向けなおす。

魔術を発動中にキャンセルするなど、明らかに天才の所業。それをこの本番で使う奴がいるなんて、クラリスじゃなくてもわかるわけがない。

クラリスはまだその域に達していない。

発動中の魔術をキャンセルできないのは、今度はクラリスの方だ。

クラリスはフレイム・バーストで、自らリオの射程距離内に飛び込んでいく。

「僕の方が一枚上手だったな」

「ふざけ――――」

刹那、リオはその手を振り下ろす。

上空から降り注ぐ重力の壁が、リオに飛び掛かるクラリスを押し潰す。

なんとか相殺するために、クラリスは体勢を変えようとする。しかし、あの状況から抵抗できるはずもなく、重力の壁は空中でバランスを崩したクラリスをそのまま地面に叩き付ける。

「ぐはっ!!」

地面に叩き付けられ跳ね上がると、クラリスの手から剣が零れ落ちる。

「トドメの――」

瞬間、終了の鐘が鳴る。

『そ、そこまで!!　試合終了!!　勝者――リオ・ファダラス!!』

「あれ、終わり？　なーんだ」

リオは振り下ろしかけた手からゆっくりと力を抜くと、ポリポリと頬を掻きながら地面にゆっくりと降りてくる。

クラリスは苦しそうな顔をしながら、がくりと地面に身体を預ける。

リオはそんなクラリスを見ながら、また不敵に笑う。

「ふふ、呆気なかったけど、僕の勝ちだ！　……でも、なかなか強かったよ。クラリスね、名前は覚えておくよ」

こうして、大歓声に包まれながら第一試合は幕を閉じた。

◇　◇　◇

第一試合が終了し、大げさな担架に乗せられ、クラリスは嫌そうな顔をしながら医務室へと運ばれていく。

意識はあるが、負傷を治療するために念のため連れていかれたようだ。

白熱の第一戦であり、冷めやらない興奮が会場中を包んでいた。

恐らくクラリスとしても悔しい戦いだっただろう。

上手く重力魔術から逃げることはできていたが、結局終始逃げに徹した戦いとなってしまっていた。

力を存分に出し切ったとは言えない結末だろう。

純粋な対人戦不足といったところだろうか。愚直なモンスターを相手にしてきたクラリスでは、やはりいきなりトップクラスの魔術師は対応し切れなかったか。魔術師としての力量にそこまでの大差があるようには見えなかった。きっとクラリスはもっと強くなるだろうな。

運ばれていったクラリスとは対照的に、勝者となったリオ・ファダラスはその長いツインテールを振り乱しながら観客たちに元気よく手を振っている。

クラリスの善戦もあって、やっとリオ・ファダラス——重力姫の魔術をしっかりと見られたが、予想通りなかなかの実力者だ。

体力的には不安が残るが、あれだけ連発しても魔力切れを起こさないあたり魔力の総量はかなりのものがありそうだ。ニーナと同等か……それ以上といったところか。

全員が奴のことを優勝候補に挙げるだけのことはある。

「怖気づいたか、平民」

そんな煽り文句が後ろから聞こえてくる。

次の試合の準備に立ち上がったルーファウスが、俺の方を向いてにやけ顔を見せる。

「なんで俺が怖気づくんだよ」

「お前のところのお仲間だろ、あの元冒険者は」

「関係ねえさ。クラリスは戦いに負けた、それだけだ。あいつならここから這い上がってくるだろうしな。実力は申し分ないんだ、きっかけがあればリオ・ファダラスにも勝てるようになると思ってるぜ」

「……相変わらずつまらない野郎だ」

ルーファウスは苛立たしげにトントンと腕を指で叩き、短く舌打ちする。

「そんなことより大丈夫か？　次はお前だろ？　相手は誰だったか」

「なんでお前なんかに心配されなきゃ――」

「キング・オウギュスタ。水魔術を使う名家の男さ」

そう、レオが割って入る。

「てめえ……」

ルーファウスはギリギリと歯ぎしりしながらレオを睨みつける。

そんなルーファウスの睨みなど軽く笑顔で跳ね返し、レオは続ける。

「ムスタングを破ってきた実力は相当なものだろうね。結構やるはずだ」

「――だそうだ。いけるのかよ？」

「はっ、愚問だ。俺様を誰だと思っている？　アンデスタ侯爵家が次男、ルーファウス様だぞ。そして……氷魔術を極めしエリートだ。プライドにかけて負けるわけにはいかん」

その言葉は、初めて聞いた時とは違った響きに感じた。

言葉に中身が追い付いてきたか。

「言うじゃねえか。楽しみにしてるぜ、まあ、適当にがんばれよ」

「貴様に言われるまでもない」

フンとルーファウスは鼻を鳴らす。

「俺は決勝へ行く。せいぜい一回戦で負けないようにがんばるんだな、平民」

そう言い、ルーファウスは会場の方へと歩みを始める。

まだそれほど時間は経っていないが、平民だなんだと言っていた頃と比べると大分ルーファウスも変わったな。訓練をしているという話もよく聞くし、なにより俺へ突っかかることも少なくなった。

魔術へ熱心に打ち込んでいるんだろうな。

「ま、俺と戦いたかったら決勝までくるんだな」

「……黙れ、不愉快だ」

そうして、ルーファウスの背中は見えなくなった。


歓迎祭本戦、一回戦第二試合。

氷対水。

魔術の戦いは相性も大きく左右される。相性次第で三つ巴の力関係になることも少なくない。

今回で言えば、圧倒的に有利なのは氷魔術を使うルーファウスだ。

大方の予想通り、試合はルーファウス有利で進んでいた。

キングが放つ水魔術を、ルーファウスはその圧倒的冷却力で一気に凍り付かせていく。

キングの表情が、どんどんと曇っていく。ここまで無力化されては手も足も出ないだろう。

余りにも相性が悪すぎる。

――いや、というよりも、ルーファウスが強くなりすぎたんだ。

いくら相性の良い氷と水だとしても、あの水流を瞬時に凍らせるのは相当な氷魔術の練度が必要になってくる芸当だ。

あまり魔術に明るくない人間には、ただ相性で上回っているように見えるだろうが。

ルーファウスの氷魔術は、俺と戦った時と比べ範囲も威力も随分上がっている。相当訓練を積んだんだろう。余程俺に負けたのが悔しかったらしい。

「素晴らしい、口だけじゃないね、彼は」

目を輝かせながら隣でレオがそう呟く。

「はあ、はあ、はあ……!!」

キングは肩で息をしながら、苦しそうに顔をしかめる。

そこに、息も乱れぬルーファウスがそっと手をかざす。

「さて、そろそろ氷漬けに――……おい」

相手の動きを見たルーファウスは呆れたように溜息をつき、掲げていた手を下ろす。

「降参だ、もう無理だ」

「ま、好きにしろ」

そうして、勝負は決着した。

ルーファウスは勝ち誇った表情で腕を組み、得意げに笑みを浮かべている。

順調な勝利に、会場中から歓声が上がる。氷魔術の名家だけあり、ルーファウスを本命だと思っている観客も少なくない。

そんな歓声が溢れる明るい闘技場とは対照的に、控室の隅の席でブツブツと一人何かを言っている少女が一人。

「だ、大丈夫。私ならやれる……私なら……」

手のひらに何か文字を書き、そしてそれを飲み込む仕草をする。

ゴクンと喉を鳴らし、ぎゅっと目を瞑る。赤い綺麗な髪の隙間から、薄っすら開ける翡翠色の瞳が覗く。

——ニーナだ。

その行動は、何かのまじないか、あるいはルーティーンか、定かではない。

「緊張してるのか？」

不意の俺の声に、ニーナはびっくりして跳ね上がる。

「ひゃっ！」

甲高い声を漏らし、目を見開いて俺を見上げる。

「ノ、ノア君か……びっくりしたよ」

ニーナは胸をそっと撫でおろし、短くため息をつく。

「はは、びっくりしすぎだろ。やっぱり緊張が凄そうだな」

「し、してない！　……とは言えないかな……あはは」

そう言い、ニーナは少しバツが悪そうに笑いながら、頬を掻く。

あのクラリスが負けたというのが、多少なりとも動揺に繋がっているのか。

俺は控室に張られた対戦表を見る。

「相手は――……ライセル・エンゴットか」

予選ではどう勝ち残ったかもよくわからない、影の薄い生徒だ。

現に今もこの控室におらず、どこか他のところに行っている様子だ。

「うん……精神に作用するタイプの魔術を使うんだと思うんだけど……私そういう人相手にしたことないから」

それが不安の元か。

確かに、属性系の魔術と違って精神に作用するタイプの魔術は厄介だ。

幻術や幻覚、そういった認識を操作してくる魔術は往々にして術中にはまると気付けない。

気付いた時には負けている、なんてのもざらだ。精神に作用するタイプの魔術は、成功イコール勝利と言っても、この歓迎祭というルールの枠でなら差し支えないだろう。

ライセルがどう戦ったかがわかっていないことからも、奴が精神に何らかの作用を及ぼす魔術を使ってくることは間違いない。

ただ、実際に精神に影響を及ぼすタイプの魔術を使う相手との対人戦闘経験が俺にはない。

どうニーナにアドバイスをしたらいいかはわからないが……似たような能力を使うモンスターとなら幾度かやり合ったことがある。その知見なら、多少は生かせるかもしれない。

「まず、認識を疑うことだ」

「認識？」

ニーナは恐る恐る俺を見上げ、首をかしげる。

「あぁ。普段と違うと感じたら違和感を持て。相手が見えない、身体がうまく動かない、魔力が思うように練れない。どれを感じても自分の緊張から来るものや、不調なだけだと思ってしまったらその時点で負けだ。奴の術中にはまってしまっている」

「うう、難しい……」

まあ人間の使う魔術だとどれほどの力を発揮するかは未知数だが、基本はモンスターと対処は一緒だろう。

「そういう時はまず落ち着け。深呼吸だ。魔力を意識して、自分をしっかりと保て。そして、できれば召喚したものに自分を攻撃させるといいぜ。外部からの痛みで脳は覚醒しやすいからな」

「な、なるほど……」

「ま、俺が言えるのはこれくらいだな。あとは、実際どんな魔術を使ってくるのか戦うまでわからねえ」

そう、それこそが本来の魔術師の戦い。シェーラの言う対人戦だ。

お互いの調子、相性、手の内の探り合い。そういった魔術をぶつけ合う以外のところでの駆け引き。それが対人戦には重要になってくるんだろう。

ニーナが羨ましいぜ。俺も未知の相手と戦ってみたい。

現状、最強の俺にとってまだそれだけひりついた戦いはできていない。今後現れてくれるといいんだけどな。

ニーナは、俺の言葉を噛みしめるようにうんうんと何度も頷くと、徐々に活力を取り戻していく。

「うん……うん！　なんだかやれそうな気がしてきたよ！」

「はは、その意気だぜ。ここで勝てば次の試合は俺とだからな。俺はお前とも戦ってみたいんだぜ？」

「ノア君……！」

「がんばってこいよ。見せるんだろ、親に」

「うん。きっと見に来てくれているからね」

『それでは、間もなく第三試合の開始です！』

と、第三試合の呼び込みが始まる。

「そろそろだ……。行ってくるね、ノア君。見てて……絶対勝ってくるから！」

「はは、絶対か。期待してるぜ」

ニーナは腰の本を大事そうに撫でると、キッと視線を鋭くし、会場へと向かっていく。

俺はその背中を静かに見送った。

「さて、せっかくだし前の方で観戦するか」

俺は控室から出ると、関係者用の観戦席へと移動する。

席ではレオが既に陣取っており、ウキウキした様子で会場を見つめている。

やれやれ、こいつの魔術好きは相当なものだな。

俺は少し離れたところに腰を下ろす。

眩い太陽の光が会場に照り付けている。

――と、その時。

背筋をなぞるような魔力反応を感じ取る。

敵意に満ちた、どす黒い雰囲気。

「……お出ましか」

俺はゆっくりと立ち上がると、控室の方へと移動する。

「どうした、戻るのか？」

レオが離れていく俺に声をかける。

「次はニーナだろ？」

「ちょっと用があってな。少し外す」

「……そうか。気を付けてな」

「あぁ」

俺はレオと会場に背を向け、客席の方へと上がっていく。

人混みを掻き分け、何とか中央の闘技台を見下ろせるところまでやってくる。

そこで改めて俺は周囲を見回す。

誰も彼も、純粋に歓迎祭を楽しんでいる。だが、例外が一人。

「この感じ、昨日と同じか」

会場の南側の客席付近。その辺りから、嫌な雰囲気を感じる。

これは、完全に経験によるものだ。

昨夜の違和感は、深夜なのにやる気満々の魔力ということですぐさまわかったが、今日のように魔術師が多い場所では基本的にそこまで具体的に見分けられるものではない。

だが、この独特の嫌な感じは、間違いなく敵意の籠った……いや、殺意の籠った魔力だ。

ニーナを狙った暗殺者……か。

『それでは、第三試合――はじめ！』

闘技台の方では、司会のアナウンスが流れ、それと当時に観客たちが「うおおお！」と歓声を上げる。

とうとうニーナの試合が始まった。

試合中を狙った暗殺というわけか。

「させるかよ！」

俺は南側の座席へと全速力で駆けだした。

猶予はそうない。

◇　◇　◇

「ふぅ……」

ニーナは呼吸を整え、正面を見据える。

そこには、対戦相手である少年の姿が。

ゴワッとした癖っ毛に、隈がついた目元。少し猫背気味で、細い手足。

キリッとした顔つきで、完全に戦闘態勢なニーナとは対照的にやる気が感じられない。

なんだか覇気がないな。

と、ニーナは思わずにはいられなかった。ノア君や他の魔術師たちに感じるような、所謂オーラという、強者特有の雰囲気を感じられないのだ。

『それでは、第三試合――はじめ！』

司会者の掛け声で、火蓋が切られる。

相手がたとえ精神系の魔術を使ってきたとしても、私は私の魔術を信じるだけ……やってきたことを信じるだけ！

「フェアリー！」

『フォォォォ……』

ニーナの目と同じ、翡翠色に輝く妖精。

羽をはためかせ、ひゅんひゅんとニーナの周りを飛び回る。

魔力をあまり消費しないで速攻召喚できる、召喚術師の基本中の基本。

フェアリーは攻撃手段も防御手段も限られるが、ニーナはまずはフェアリーで様子見することを選択した。いきなり強い精霊を出しても良いが、それだと魔力を無駄にする可能性もある。

「くぁあ……嫌だ嫌だ……」

対して、ライセルは気だるそうにそう呟く。

「才能溢れる魔術師はいいよなあ、そんなカッコイイ魔術があってよお」

ガシガシと頭を掻きながら、ライセルは妬みごとを呟く。

「な、何？　君も勝ち残ったんだったら、立場は同じでしょ……？」

ライセルは大きくため息をつく。

「まあ俺のは……ちょっと特殊だからなあ――」

「――!?」

瞬間。ニーナの認識からライセルが消える。

「えっ!?」

余りに一瞬の出来事すぎて、思考が停止する。

さっきまで目の前にいたのにもかかわらず、その眼で全く認識できないのだ。

瞬きをしたほんのコンマ数秒の間に、まるで神隠しにでもあったかのようにライセルが消えた。

「ど、どこ……!?」

慌てて周囲を見回す。だが、見回してもその姿が見つけられない。

半分パニックになりながら、ニーナは必死でライセルを探す。

と、丁度左側を向いた瞬間、すぐ真後ろにゴォォオっと激しい音を立てた何かが近づいているのに気が付き、慌てて振り向く。

そこには、もう目と鼻の先に〝ファイア〟の魔術が迫っていた。

死角からの魔術攻撃……!!

出所は不明、だけど。

「フェアリーちゃん！」

『フォォォ！』

フェアリーは華麗な飛行でニーナとファイアの間に割り込むと、その魔術を相殺する。

霧散して消えたファイア。威力自体はフェアリーで相殺できるほど低威力だった。

だが、威力が低いとはいえ、攻撃の出所が全く掴めない。いつどこから魔術が迫ってくるかわからない恐怖。

やはり、ノア君の言っていた通り精神に作用する魔術なのだろうか。

しかし、違和感があった。

「精神に作用するというのなら、対象は私だけのはずだけど……」

だが、観客の反応を見るに、どうやらライセルの姿が視えていないようだった。

もし精神に作用する魔術だとすれば、その範囲が広すぎる。

しかし、思考がまとまる前に次々と低級な魔術がニーナに襲い掛かってくる。

「フェアリーちゃん、お願い！」

『フォフォフォ～！』

何とか相殺し、また次の魔術を待つ。その繰り返しが続く。

ライセルからの一方的な攻撃。しかし、地力で勝るニーナは一向に倒れる気配はない。

とはいえ、このままでは攻撃に転じれないのも事実だった。

いくらフェアリーが燃費の良い召喚精霊とはいえ、召喚しているだけで徐々に魔力は削られていく。

長期戦に持ち込まれれば、先に魔力切れを起こすのはニーナの方だ。

そこで、ニーナは作戦を変更する。

「見えないなら……――〝コンバート〟!!」

瞬間。フェアリーは神々しい光に包まれると、一瞬にしてニーナの魔本の中へと吸い込まれていく。そして入れ替わるようにして、水色の精霊が姿を現す。

「ウンディーネ!!　お願い！」

『サァァァ……！』

召喚術の奥義、コンバート。

先に召喚していた精霊・モンスターを消費して、代わりに他の契約召喚対象を強制的に召喚する、切り替え魔術。

それは天性の才能を持つニーナだからこそできる離れ業だった。

「お母さんも見てるんだから……私がこれだけ戦えるよって見てもらうために、負けられないんだから！」

そうして、ニーナは魔本を構える。

「ウンディーネ……〝レイン〟!!」

ニーナが指令を出すと、ウンディーネは螺旋を描きながら上空へと舞い上がっていき、広範囲へ水の雫を降り注がせる。それはまるで雨のようで、すべてを濡らしていく。

「これでファイアは威力半減！　そして……透明化しているなら、姿が浮き彫りになる！」

そう、ニーナはライセルの魔術を透過魔術だと推定した。

でなければ、会場中がライセルの姿を見失うなんていうのはありえないからだ。

透明になっているのなら、水の雫を身体が弾き、そこに何かがあるとわかるはずなのだ。

「さあ、ここからが私の——……え？」

しかし、ニーナの想定とは裏腹に、ライセルの姿が見えない。

雨で濡れた場合、透明化しているライセルのいる位置が浮き彫りになるはずだった。

しかし、水の雫は遍く降り注ぎ、何者にも阻まれずに地面を濡らしている。

水が滴り、制服が濡れていく中で唖然とするニーナの混乱に乗じ、接近したライセルのボディブローがニーナの脇腹へ振りぬかれる。

「!?　うっ……」

すんでのところでウンディーネが先回りし、ライセルの攻撃を防ぐ。

「あ、危ない……！」

直接攻撃ということは、さっきまですぐ目の前にいたはずなのだ。だが、やはりこの雨の中でも姿を視認できない。

完全にライセルのペースだ。

なぜ……？

疑問がニーナの頭の中を覆い尽くす。ニーナの顔には焦燥感が浮かぶ。

その姿は、完全に術中にはまっている人間のものだった。

しかし、攻撃は待ってくれない。次々に飛んでくる攻撃を、ウンディーネが防いでいく。だが、フェアリーとウンディーネの消費魔力は段違い。長時間の使用は得策ではない。

コンバートは一度使用すると次の発動までかなりの時間を要する。この試合中には間に合わない。もうウンディーネで戦うしかない。それも、短時間で。

存在を認識できない相手、死角からの攻撃、防戦一方、刻一刻と減っていく体内の魔力残量。

現状を並べただけでも、絶望という文字が頭に浮かんだ。

――とその時、その絶望の文字を覆い隠すように、ニーナの脳裏にノアの言葉が思い出される。

『まず認識を疑うことだ』

そうだ、認識……。まだ、相手の魔術をしっかりと分析したわけじゃない。

そこから突破口が見つかるかもしれないのだ。

仮にライセルの魔術が自身の肉体の透明化だとして、それでも雨の中で姿が浮かび上がらない……ということは、認識が間違っているんだ。

もし……会場中を騙せるほどの精神に作用される魔術だとしたら。

ニーナは冷静に辺りを見回す。

しかし、やはりライセルの姿は見えない。

「ううん、精神系魔術は一対一が基本……この場の全員になんて不可能。ということは、やっぱりかかっているのは私……」

そう、つまり、目の前の状況と一般的な考えを照らし合わせると。

① ライセルは単純に透明化しているわけじゃない。

② 仮に精神系魔術だとしてかかっているのはニーナ自身。

③ 会場全体が掛かっているわけではないが、ライセルの姿は見えていない。

そうして現状を並べた時、ハッとニーナの頭に正解のイメージが浮かび上がる。

「!! つまり、ライセル君の能力は――……。ウンディーネ!!」

瞬間、ウンディーネがもの凄いスピードで上空からニーナのもとに戻ってくると、ニーナの頬を思い切り叩く。

パチン！　という音が響く。

ニーナは僅かに仰け反る。だがそこで、ハッと脳が覚醒したのを感じる。

「これで……！」

「！」

目の前には、ウンディーネの雨の中に、ぼんやりと雨粒を弾いているライセルの身体があった。

「透過魔術と幻覚魔術の合わせ技……！　自分は透過魔術で透明化して、一方で幻覚魔術で対戦相手にそれすら隠しきる……二段構えの隠遁魔術使い！」

「くっ！　覚めたかよお……！　これだから本物は……！」

「もうどこにいるかわかってるよ！　ウンディーネ！」

「サァアァ……！」

ニーナはパラパラと魔本を捲り、ライセルの方に指をさす。

「――〝ハイドロキャノン〟」

瞬間、ウンディーネの口が開き、そこからまるで激しい濁流のような水の塊が、一直線にライセルへ向けて放たれる。

それは、完璧に透明化したライセルの腹を貫く。

「ぐはっ……！！！」

バチバチっと火花が散り、ライセルの透明化が解除される。

両手両膝を地面につき、ライセルはニヤッと笑うと前のめりに倒れこむ。

「はあ、はあ、はあ……」

その場に立っているのは、ニーナだけとなった。

『勝者——ニーナ・フォン・レイモンド！！！』

割れんばかりの歓声が、闘技場を包み込んだ。

◇◇◇

——時は少し戻り、ニーナの試合が始まった直後。

南側の座席を広く見渡す。

不審な動きをしている奴がいないかを注意深く観察する。

そして、少し後ろに引いて立つ怪しげな男を見つける。

パッと見は不自然ではないが、その視線は明らかに他の観戦者とは違う、何か意志が籠った視線だ。

「……見つけた！」

上手く客に紛れて、気配遮断の魔術を使っているが……俺には無駄だぜ。

逆にその空間だけ何もないかのように見える。

周りがすべてであるなら、そこだけないのは不自然というわけだ。

まだまだ甘いな。

俺はすぐさま〝フラッシュ〟を発動すると、瞬時に男の背後に回りこむ。

「!?」

そして、男が反応する間もなくその手を押さえ込む。

「くっ――」

「おっと、無駄だぜ。いい加減にしろよな、あんたらも。俺がいる限りニーナには手出しさせねえっての」

「おまえ……ノア・アクライトか……！」

俺に気付き、ローブの男は慌てて逃げ出そうともがく。

だが、俺の力から抜け出せるわけがない。

なんだ、やっぱり俺を知っているのか。

何だか妙な気分だ。こいつらを操ってる親玉が俺を相当警戒しているみたいだが……。

まあ今は気にする必要はない。

すると、男は反対の手を咄嗟に俺の方へと向ける。

しかし、俺はそちらの手も掴むと捻り上げ、地面に押さえつける。

「ぐおっ!!　いてててて！」

「はい、静かにしろよ。ニーナが戦ってるんだからよ」

「う、うるせえ……ジ、ジーニー！！！」

「！」

男の視線の先には、もう一人のローブの男がいた。

掲げた手は、下のニーナを狙っている。

が、そっちもお見通しだ。

「だから、手出しさせねえって――――」

「チャレンジタアアアアアアイム!!」

「「「!?」」」

瞬間、イノシシのように突進してきた大男のタックルにより、ジーニーと呼ばれた男は全力で壁に叩き付けられ、白目をむく。

それは、一瞬の出来事だった。

まるで身体から煙が出るかのような勢い。

背後で発動したノックアップ・インパクトで、敢えて自分を加速させる力技。

あんなの受けたら死ぬって……。

周囲の観客も、突然の爆音に動揺を隠せず、視線はニーナたちの試合から、こちらへと向いてしまっていた。

「ドマか」

ドマはいつも通りのはだけた上着姿で、コキコキと首の骨を鳴らす。

「不合格ッッ!!」

そうドマが吐き捨てると、壁に張りついていたジーニーはずずっと地面に倒れこむ。

ジーニーは口から血を流し、完全に項垂れている。

怖っ……、敵に回さないでおこう。

「始まりましたか!?」

そう声を上げながら、自警団のメンバーらしき魔術師がこちらへ駆け寄ってくる。

二人組の自警団は俺とドマを見ると、事態を把握する。

「ドマ先輩、ハルカさんから聞いています。警戒ご苦労です。後はこちらで引き継ぎます」

すると、ドマはそれを否定する。

「俺はなにもあいつのために動いたわけじゃない。ノア・アクライトが何やら面白そうなことをしてたんでな、交ぜてもらっただけだ」

意味不明な訂正に、一瞬間が空くが、そんなことは慣れているのか自警団は続ける。

「……まあいいです。では、二人はこちらで引き取ります」

「……」

すると、さっきまで苦しそうな顔をしていた男が、急に無の表情になる。

まるで何かがこと切れたように。

「これは……！」

「昨日の二人と同じ⁉」

自警団は慌てて男の様子を確認する。

昨日同様、虚ろな瞳で、ぼんやりとしている。

そして。

「――はっ！　え、あ……ここは……？」

「またか……」

また使い捨ての駒だ。

男は状況を飲み込めず、この場の雰囲気に完全に気おされている。

きっとまた何一つ知らないんだろう。

こんな傀儡になった駒があと何人ここに潜伏しているのか。

「これが記憶操作……あるいは洗脳か」

ドマは興味深そうにその男を見つめる。

その視線に、男は完全に委縮している。

「捨て駒を送り込んでいるなら、この二人で全部なわけねえぜ？」

「わかっています。警戒網は万全です、ないかあればすぐに動けます」

「何かあってからじゃ遅い可能性がある。初動で潰す」

俺の言葉に、ドマはニヤリと笑う。

「俺も賛成だ、ノア・アクライト。俺たちで全部回ってしらみ潰しにしていこう」

「そうっすね。協力頼みますよ」

さすがに俺一人じゃ漏らしかねないからな。

これは俺の今後の課題かもな。同時多発的に何かを発生させられると、どうしても後回しになるところが出てくる。まあ、身体は一つなんだ、仕方ないことだが。

「よし、そうと決まれば!!」

言って、ドマは俺を指さす。

「どっちが多く倒せるか勝負だ、ノア・アクライトぉぉ!!」

こいつは……。

「ニーナの安全が掛かってんだ、そういう勝負はしね――って、もう行ったのかよ早いな……」

ドマは俺の返答を聞かず、一目散に次のターゲットへと駆けだしていく。

さっきの自警団の話を聞くに、昨日の侵入者の件からドマ先輩に協力要請が行っていたみたいだな。

どこまで知っているかわからないが、頼らせてもらうとするか。

「――よし、俺も行くか」

俺は次の違和感を探しに会場全体を見回す。

すると、雲もないのに、不意に空から雨が降り出す。

見ると、ニーナの召喚した精霊によるもののようだ。

「良い感じに戦えてるみたいだな。……よし、さっさと片付けよう」

そうして、俺はそれから四人の傀儡を見つけ出し、無力化した。

一方でドマも四人倒し、そうしてニーナを狙う怪しい気配はようやくなくなった。

「やるな、ノア・アクライト！　同数か」

「どうも」

「ハッハッハ！　久々に熱い戦いだった、感謝するぞ」

そう言ってドマは俺の背中をバシッ！　と叩く。

「お二人ともありがとうございました。無事何事もなく終わりそうです」

「ニーナの戦いの最中の警戒か」

自警団の女性はコクリと頷く。

「ハルカさんからニーナ・フォン・レイモンドの動向に気を配れと言われていましたから。それに狙われるなら戦いの最中だろうと」

「なるほどね。俺に一言言ってくれれば良かったのに」

すると女性はふっと笑う。

「どうせノア・アクライトは一人でも護衛を始めるだろうから、わざわざ言う必要はない。だそうです」

「……あっそ」

なんか理解されてるのが癪に障るな。

「とにかく、ありがとうございました。一掃できたはずなので、次の試合には害はないでしょう」

「……だといいっすけどね」

「？」

傀儡ということは、やはり操っている元がいるはずだ。

だが今のところそいつは顔を出していない。昨日の連中があのお方と言っていたくらいだからそれなりの立場の人間なのは確かだが……。

もしそいつがこの場に残っているとしたら、新たな兵隊を作り出していてもおかしくはない。

あるいは、本人自ら……。

それだけの意思を持っての犯行ならば、だが。

一方で、闘技場の方ではニーナが勝利の喜びを味わっていた。

「連行した連中はどこに運んでるんすか？」

「基本は学院内の牢ですが……」

と、女性は苦笑いする。

「ドマさんが瀕死にした人たちはちょっと……あれなんで、医務室で治療してもらってます」

「おいおい……」

どんだけ全力で無力化してんだこの人は……。

「悪いな、加減できない質でな」

ドマは悪びれる様子もなく、自信満々に言い切る。

「用が済んだなら俺は戻るぞ」

「はい、ありがとうございました。無事何とかなりそうです」

ドマはうんうんと頷く。

「ノア・アクライト。お前とは戦いたいとばかり思っていたが、共闘も悪くなかったぞ」

「そうっすか」

「はっはっは！　相変わらずつれないな。また会おう」

そう言ってドマは俺たちに背を向け、手を振りながら去っていった。

少しして自警団の女性も帰っていき、俺は一人取り残される。

確かに下っ端の傀儡は倒し切ったかもしれないが、大本を叩かないことには安全な状態は訪れない。赤い翼の時と同じだ。

「医務室って言ってたな」

もしかすると、意識を戻した奴から何か聞けるかもしれない。

牢の方はもう俺が接触することはできないだろうから、可能性があるのはそっちだな。

「――っとやべえ、その前に俺の試合だった……！」

俺は急いで控室へと戻った。

◇　◇　◇

「やったなニーナ」

「うん、ありがと！」

ニーナと俺はハイタッチする。

戻ってきたニーナは、さっきまでと違い晴れやかな表情をしていた。

係員から貰った布で濡れた髪を拭く。

水浸しになった制服から僅かに肌が透けて見え、少し目のやり場に困る。

「ノア君のアドバイスのおかげで勝てたよ、ありがと！」

「そんな大したもんじゃねえよ。ニーナの実力さ。いい戦いだったぜ」

「えへへ。褒められちゃったよ」

ニーナは照れて頬が紅潮する。

すると、すぐさま俺の入場を促すアナウンスが聞こえてくる。

「――っと、もう時間か。行ってくるとするわ」

「うん、がんばってね！」

ニーナは頑張れ、と拳を突き出す。

俺はそれにグッと拳を合わせる。

「準決勝は俺と戦うんだ、今のうちに俺の弱点でも見つけておけよな」

「うっ……が、がんばる……！」

ニーナは目を丸くして、まるで兎のような表情で口をすぼめる。

「さて、行ってくるわ」


「用事は終わったのかい？」

レオは、爽やかな笑顔を浮かべながら俺に言う。

「お陰様で。まあ、この後もあるんだけどよ」

「忙しそうだね。君が何をしていたかは知らないが、手加減するつもりは毛頭ないよ」

「当たり前だろ。俺は本気の戦いがしたいんだ。むしろ全力できてくれなきゃつまんねえぜ」

「！　いいねえ、いいよ、ノア！　いよいよだ。この時を楽しみにしていたよ」

その言葉は、本心からの言葉のようだ。

「俺もさ、レオ。悪いな、俺と一回戦で当たるってことはここで終わりってことだ。お前の力は認めてる。反対の山だったら決勝までいけたのによ」

「はは、ノアは相変わらずだな。確実に勝てると思っているというわけか」

「まあな。だけど、油断はねえぜ？　慢心もしねえ。ただ実力を出すだけさ」

するとレオは嬉しそうに顔を輝かせる。

「それでこそ僕の戦いたかったノアだ。君の実力が輝くところを見たいと思っていた。君ほど僕の琴線に触れる魔術師には出会ったことがない……！　魅せてくれ、君の輝きを……魔術の神髄を!!」

興奮気味に目を輝かせるレオ。その表情が、この闘いがどれだけ楽しみだったかを物語っている。

「おいおい、いつにも増して意味不明だな」

「はは、どうやら僕も気持ちが昂っているみたいだ。こんなの初めてだ。わくわくが止まらないよ。それに……」

レオは不敵な笑みを浮かべ、俺を見る。

「――君なら僕も本気を出せそうだ」

レオはいつも通り爽やかに。されど、その瞳の奥には確かに狂気が宿っていた。

これが、レオ・アルバート。

今までの相手じゃ本気を出せるのもいなかったか。

「そりゃ楽しみだな。お前の全力、見せてくれよ」

「もちろんさ。いいね、ノア……君のような相手を待っていた！」

俺とレオは、お互いに笑みを浮かべ闘技場の中央で向かい合う。

人気ナンバー2のレオ……恐らくこの学院の一年でもトップを争う実力者だろう。

本来なら決勝で戦ってもおかしくない。一回戦で俺と当たるのはついてなかったと思ってもらうしかねえな。

――まあ、レオは微塵もそんなこと気にしてねえようだが。

俺としても、レオが反対の山でリオ・ファダラスに敗れて戦えないパターンより、一回戦で戦える今の状況の方がありがたい。対人戦を学びに来た俺には絶好の相手だ。

少なくとも、この学院の新入生の中じゃ、トップレベルの相手だからな。

俺は手首をぐるぐると回し、態勢を整える。

油断はしない。慢心もしない。遠慮もしない。

殺さないように、だが、手加減しすぎないように。

レオなら、多少本気を出しても応えてくれるだろう？


『それでは第四試合――はじめ!!』

開始の合図と同時に、レオは早速右手をかざす。

ブワっと魔力が溢れ出て、レオのかざした手の下に魔法陣が現れる。

「来い、――魔剣アルガーク。最初からフルスロットルだ」

そこから召喚されるのは、黒と黄の禍々しい魔剣。

魔剣アルガーク。

召喚された剣を引き抜くと、レオはそれを器用にクルクルと回し構える。

「いいね、その判断。正解だ。様子見なんかしてたらすぐ終わってたぜ。さすがはレオだな」

「その軽口も心地いいよ。真の強者の力、見せてもらおう！」

「だったら……俺を追い詰めてみせてくれよ」

俺はニヤリと笑い、レオを見る。

「当たり前さ。――いくぞ！」

すぐさまレオは剣を振りかぶる。

それは、アーサーを一撃でのしたあの魔術。

初手から俺を再起不能にするための攻撃だ。

「悪いが、君相手に加減してる余裕はない。――〝暁の一撃〟」

魔剣から眩い光が放たれ、レオはそれを上段から振り下ろし、その魔力の奔流を俺に向けて一直線に放つ。

そのいきなりの攻撃に、会場中がどよめく。

「いきなりあの特大魔術!?」

「そんな……あのレオ・アルバートがそこまで警戒する相手か！」

ざわつく会場。

そんな観客の声を切り裂くように、一条の光が俺目掛けて駆け抜ける。

いい魔剣だ。魔剣の種類はさまざまだが、これだけ攻撃極振りなものも珍しい。

やはり、これが自慢の一振りというわけか。

だが――。

俺はそっとその攻撃の方へ向かって手をかざす。

「――〝サンダーボルト〟」

幾重にも折り重なる雷が、レオの〝暁の一撃〟に向けて集約する。

激しい雷鳴と共に小規模な爆発が起こり、土埃が舞い上がる。

俺のサンダーボルトにより、暁の一撃は、完全に相殺された。

シーンと静まり返る会場。

その光景を目の当たりにし、レオは目を見開いて、そしてゆっくりと笑い始める。

「は…………はは……恐ろしい。アルガークの最大攻撃だぞ？」

「結構強いな。サンダーボルトの最大出力で相殺か」

「！　……はは、ははは！　あれだけ全力だと言っておいて、僕はそれでもまだ君を侮っていたらしい。――面白くなってきた」

サンダーボルトは広範囲攻撃であり、スパークの次に出が早く汎用性が高いから高頻度で使ってきた魔術だ。だが、その出力を最大で出したことはなかった。

さすがに、魔剣の攻撃を受け切るには普段の威力じゃ足りなかったようだ。魔剣アルガーク、さすがだな。

当然、静まり返っていた会場もざわざわと今目の前で起きた現象について語りだす。

「サンダーボルトで相殺!?」

「冗談だろ……魔剣の攻撃だぞ!?」

「本物か、ノア・アクライト……！」

先日の皇女の件といい、未だ未知数な俺への評価が、徐々に変わってきているような雰囲気を感じる。

「もっと、もっとだ！　もっと見せてくれ……!!　君の魔術を!!」

「怖いなそこまで行くと」

「ははは！　だって楽しいじゃないか！　こんな本気を出せるなんてチャンス、そうそうない！」

瞬間、レオの周囲から複数の剣が湧き上がってくる。

どれもこれもが魔剣聖剣の類。

一本一本が、特大の魔術に匹敵する力を持つ。

その中心で、まるで悪役のようにレオの顔が邪悪な笑みにまみれる。

「魔剣を……聖剣を……！　僕のすべてをもって君を切り刻もう……！　魅せてくれ、ノア・アクライト！　君の魔術の輝きを!!」

予備のストックのように、地面に数本の魔剣・聖剣が突き刺さる。

一本一本が非常に禍々しい、そして神々しいオーラを放っており、観客たちもその荘厳な光景に感嘆の声を漏らしている。

魔剣聖剣の類は一本操るだけで相当な鍛錬が必要とされている。それを複数個同時に扱えるとなるとそれだけでレオの力がよくわかる。

さてと、ここからどうするか。

レオの攻撃を待っているのもいいが、そろそろこちらも攻撃を試してみたいところだ。

対人戦の経験を積ませてもらうとしよう。まずは手始めに……。

一気に身体に電撃が流れ、俺は一瞬にして加速する。

地面に焦げ跡が付き、俺の姿がレオの視界から一瞬で消える。

「速い……!!」

レオは咄嗟に一本の聖剣抜き取り構えると、防御態勢に入る。

「遅いな」

俺は高速でレオに寄ると、とりあえず脇腹に蹴りを一発お見舞いする。

——が、しかし。捉えたと思ったレオの脇腹に、蹴りが当たった感触がしない。

そして、レオの姿が幻影のように霞み、ふわふわと宙を漂うとそのまま霧散して消えた。

俺の足は、何にもヒットせずただ宙を舞う。

「!」

「聖剣ラグウォール——そこに僕はもういないよ」

レオの右手に握られていたのは紫色をした細い聖剣。

聖剣ラグウォール……恐らく、幻影を作り出す聖剣か。

幻影を囮にいつの間にか完璧に俺の背後を取ったレオは、すかさず地面に刺さった青い魔剣を引き抜く。

バキバキバキ！　と空気中の水分が一気に凍り、剣の周りに氷の刀が生成される。

まるで舞うように、レオは連撃を繰り出す。

顔の横を掠めただけで、ビキビキと俺の頬が一気に凍結していくのを感じる。

存在するだけで魔術的効果を放つ魔剣……厄介！

魔剣士としての剣術と、魔剣を使った魔術攻撃のコンビネーションだ。

「ふっ……はあ！」

レオの剣技を何とか避けつつ、一瞬の隙を待つ。そして。

「――〝スパーク〟！」

紫電が、レオを襲う。

剣の振りと振りの間を縫った一撃。

それでもレオは何とか身体を捻り俺のスパークを受け切るが、魔剣に生成されていた氷が一気に吹き飛んでいく。

そのままレオはズザザザと後方まで吹き飛ばされ、何とか耐えきる。

「ぐっ……!!　こんな単純な魔術で……なんて威力……！」

俺はそのまま連続でスパークを放ち、レオの一瞬のスキを突き魔剣をその手から弾き飛ばす。

咄嗟にレオは別の聖剣に手を伸ばすが、俺は先回りしてその聖剣を拾い上げる。

「へえ、これが聖剣か。結構――」

すると手に取った瞬間、その聖剣は元からなかったかのように消滅する。

そしてその聖剣は、レオの手へと渡っていた。

「おっと？」

「はは、僕以外に触らせるわけにはいかないからね」

俺はさっきまで剣を握っていた手を開いたり閉じたりする。

一瞬で消えた。原理は恐らくあの周りに出していた剣と同じ……これも剣召喚というわけか。

「へえ、さすがにそう簡単にはいかないか」

「それはね」

「沢山剣出して、相手に利用されたらどうするんだと思ったが、それくらいは想定済みね。まあ、そんなことだろうと思ってたけどよ」

「もちろん、魔剣聖剣が訓練なしに僕のように扱えるわけがないけどね。保険さ」

これが魔術師としての戦い……人間との戦いを想定した魔術か。

モンスターが相手なら、相手に剣を使われるなんて想定する必要すらない。

なるほど、勉強になる。

「――さて、続けるか」

「そうだね。まだまだ、ここからだよ！」

レオの剣戟が、無数に襲い掛かる。

握った聖剣の力を使い、振り切ったその手から剣を離し、地面に刺した次の剣を拾い上げ、止めどなく攻撃を繰り返す。

様々な効果を持つ魔剣・聖剣を相手にするのは、まるで複数の魔術師と戦っているかのようだ。

力で押してくるモンスターと違い、どうしても後手に回るな。

今は正面から相殺できるからいいが、それが効かなくなった時が、俺の進化の時か。

そして、レオはまたしても別の聖剣を召喚する。

「――聖剣〝ヘルメス〟」

緑色の、歪な形をした聖剣。まるで木の枝のような、美しい剣。

レオはそれをゆったりと構える。身体の力を抜き、まるで普通の剣のようだ。

「ここから、戦いを一段階上げる」

「……へえ、楽しみだ」

レオはニコリと笑う。

ハッタリを言っているようには見えない。さあどう来るか。

と、次の瞬間。

目の前のレオの姿が消える。

速いっ……！

消えたんじゃない、高速移動だ。

俺の〝フラッシュ〟と同程度か、それ以上！

しかも、ただの移動ではなく、そのスピードのままレオは高速の剣を繰り出す。

「やる……なっ！」

剣のインパクトの瞬間、〝スパーク〟で何とか威力を相殺するが、スピードの乗った重さに
僅かに俺が押し込まれる。

身体の動きと剣の出がシームレスに繋がっている剣戟に、魔術の発動、攻撃の二段階が必要なスパークは否応なしに僅かに後手に回される。

多くの特殊能力付きの魔剣・聖剣で揺さぶってきておいて、ここで剣術重視の近距離戦か！

俺は思わず口角を上げる。

面白い！　使う剣によりここまで戦闘スタイルが変わるか。

なら、この剣での戦い、受けて立つか。

俺は右手を地面の方に向ける。

すると、地面にレオがしたのと同様に魔法陣が現れ、瞬間閃光が走る。

「！」

警戒し、レオは俺の魔術が完成する前に一気に距離を詰め、剣を振り下ろす。

ガキイイイン!!

レオの剣は何かに受け止められ、ピタリとその動きを止める。

「剣が、受け止められた……!?」

「あぶねえ。これが俺の――〝雷刀〟だ」

雷の刃が、レオの聖剣を受け止める。

バチバチと火花が散り、激しい光が迸る。

「……聖剣を受け止める魔術……！　さすがノア……！」

レオの目が、またさらにキラキラと輝く。

その目は、まさにレオを象徴していた。魔術の輝く瞬間が見たい。この局面でも、その思想が優先されるとは、筋金入りだな。

「レオもやるじゃねえか」

「お互い様というわけだね。だが、剣技でただの魔術師である君に負けるわけにはいかない！」

そこから、純粋な剣での戦い。

レオのヘルメスを使った圧倒的速さの剣術に、俺は雷刀とフラッシュで肉薄する。

観客にとってはもはや何が起きているのか理解するのも難しい速さだろう。

歓声は止み、ただ固唾を飲んで見守っている。

何十往復もの剣のやり取りを繰り返し、レオの息が上がり始める。

それはそうだ、確かにヘルメスは俺のスパーク以上のスピードを出せるかもしれないが、肝心のレオはそれを日常的に使っていない。フラッシュを頻繁に使う俺にとっては何ともない速度だが、それに慣れないレオは速さを制御して自分の身体をコントロールするのでさえ精一杯だろう。

そうして俺たちの剣戟は止み、レオは顔の汗を腕で拭う。

「こんなもんじゃないだろ、ノア！」

「？」

レオは爽やかな声で叫ぶ。

「……見せてくれよ、君の本気を！　こんなものじゃあないだろ！」

「……へえ、後悔するなよな」

「もちろん！」

いいね、いい向上心だ。

仕方ない、ここは俺が一肌脱ぐとするか。

手を前に構え、魔力を練り上げる。

そのプレッシャーに、レオの顔が歪む。

「これだ……これだよ……！　僕はこの魔術を打倒して、君を倒す！」

向かい風に髪と制服をはためかせながら、恍惚とした表情を浮かべ、レオは持っていたヘルメスを消す。

「巨大すぎる力は得てして正確に測れないものだが……レオ、お前にはさすがにわかるみたいだな。受け切れるか？　この魔術が」

魔法陣が展開され、眩い黄色い閃光が輝く。

光に照らされながら、レオは目を輝かせる。

「もちろんだ。この魔剣に懸けて……！　この身でその魔術を受け止め切る！　――その経験が僕をより強くする！」

レオは魔剣アルガークを召喚し構えると、ワクワクした様子で待ち受ける。

さすが、根っからの魔術好きだな。

レオは紛れもない天才魔術師の部類だろう。だが、まだ甘い。

恐らく負けたことがないのだろう。それじゃあそれ以上の成長は見込めない。

だったら、俺がここでその殻を、天井を破ってやる。

俺の今後の脅威になってもらうためにも、完膚なきまでに潰してやろう。

「一撃で終わらせる。お前に世界の広さを教えてやるよ、レオ。いい戦いだったぜ」

「いいね……ゾクゾクするよ。これが僕の求めていた戦いだ」

レオの身体を、光が包み込む。

「――――〝雷光《らいこう》〟」

瞬間、静寂。

魔法陣から放たれた眩い無数の白い雷は、空中を何度も屈折し、そして一か所で集束すると一つの奔流となってレオを貫く。

遅れて、激しい雷鳴。

剣を構えたレオは、一歩も動かない。……いや、動けなかったのだ。

雷光の速度を上回る受けをするなら、剣を変えるべきじゃなかった。

ま、そっちだと受け切れないんだろうけどな。

「…………ぐっ」

少しして、レオは片膝をつきながら苦しそうにせき込み、呟く。

「くっ……はは……！　凄い……魔術……！　これが……キマイラを倒した魔術師の魔術

「……！」

今にも倒れこみそうな状態で、それでもレオは受けた魔術を噛みしめようと無理やり意識を保たせる。

「呆れたぜ、意識を保てるのか……すげえよ、お前も。ま、今のはキマイラの時の下位版だけどな」

「それでも……本望さ……」

そうして、レオはそのまま前のめりに倒れこんだ。

瞬間、歓声が沸き上がる。

「あのレオ・アルバートが手も足も出なかったぞ!?」

「ど、どうなってるんだ今年の歓迎祭は……!!」

「本当に何者なんだあのノア・アクライトという奴は!!」

会場には鼓膜が破けそうなほどの地鳴りと歓声が響き渡る。

レオは確実に優勝候補だった。それを、ほとんどレオにペースを握らせることなく撃破した。

文字通りの完封勝利に、会場が驚きに満ちないわけがなかった。

レオがもっと全力での戦いを経験できていれば、もう少し駆け引きのある戦いが楽しめたんだがな。

恐らくあの幻影を見せる魔剣や、速度を上げる聖剣、その他にも属性を纏った魔剣聖剣で剣戟の応酬をするのがレオの戦い方なんだろうが、如何せん今まですべてを使うような戦いができる相手がいなくて、シミュレーションも上手く組めなかったんだろう。

ま、今日でその壁は破ってくれそうだ。この闘いを機にさらに強くなってくれることを願うぜ。

……いや、レオなら当然そうなるに違いない。それだけの気迫を感じた。

確かに俺が圧倒したが、成長すれば厄介になるのは間違いない。

さらに強くなったレオと本当の対人戦ができる日が楽しみだぜ。

『勝者――ノア・アクライト！！！！』

「ふぅ……」

俺は静かに息を吐き、腰に手を当てる。

ほんのりと、僅かに残る疲労感。

久しぶりに戦いの実感を多少なりとも感じられる戦いだった。

「まあ、こんなもんだろ」

ハル爺やルーファウスを倒してきた〝スパーク〟という簡易魔術。

大抵の魔術師や剣士なら、スパークがあれば戦闘不能にできた。

しかし、レオには効かなかった。もちろん、ダメージは与えられたし、武器を奪うことにも成功した。しかし、直接レオを倒すには至らなかった。

その事実だけでも、レオは俺が戦ってきた人間の中でもかなり上位の魔術師だということがわかる。恐らく〝サンダーボルト〟でも、レオの魔剣・聖剣なら防ぎ切れたかもしれない。

その時点で、レオはＳ級冒険者のガンズと同等かそれ以上の力の持ち主というわけだ。

そして最後に放った〝雷光〟。あれは並大抵のモンスターなら一撃で屠れるほどの威力を持つ魔術だ。

俺が対人間用に使える魔術の中でも最大の威力の部類に入る（殺さないことを前提としてだが）魔術だ。それを受けてなお、レオは意識を保ってみせた。凄い奴だよ、まったく。

俺は医療班に連れていかれるレオを見送りながら、会場を見渡す。

会場は大盛り上がりだった。

完全なるジャイアントキリング。しかも、正面から倒し切った。

アイリスを助けたという事実と、今回のレオとの戦いを通じて、俺がもしかしたら本当に凄い奴なのかもしれないと、観客の多くが思い始めているのだ。

だからこそ、観客は興奮冷めやらなかった。

そして、冷めやらない人間がもう一人。

「ノアー!!　ナイスファイトー!!」

水色の髪の乙女が、ドレスを引き摺るのも厭わず身を乗り出し、観客席から満面の笑みで手を振ってくる。

「かっこよかったー!!　すごい、すごい！！！」

飛び跳ねながら、楽しそうに笑うアイリス。

「皇女様、そんなはしたない……！」

アイリスは子供のように（実際子供だが）大喜びし、シシシと無邪気な笑みを浮かべる。

隣の侍女エルもそれを制しようと身を乗り出すが、あまりにも楽しそうだからか、制することを諦め、やれやれとため息を漏らす。

そして俺の方を見ると、アイリスと一緒にパチパチと拍手を送ってくれる。

俺は何だか少し気恥ずかしくなり、とりあえずグッと拳を握りアイリスの方に向ける。

それに合わせるように、アイリスも俺に拳を突き出す。

「このまま優勝しちゃえー！」

なおも無邪気に喜ぶアイリスだった。

そんな微笑ましい光景にもかかわらず、会場は異様な雰囲気に包まれていた。

喜びの声を上げるアイリスの声だけが会場に響き、他の観客は唖然として静まり返っていた。

あの声は？　あの席に座っていたのってたしか……？

信じられないという感情が先に湧き、全員が固唾を飲んでそのやり取りを眺めていた。

そして、やっとのことで、その身体を乗り出し無邪気に笑っているのが、あの氷雪姫《レヴェルタリア》だと知り、遅れて吹き出すように声が上がる。

「おい……おいおいおい！」

「あれって⁉」

「まじ……まじか⁉」

「ア、アイリス皇女!?　や、やっぱり本当に……!?」

「うそだあああ！」

会場が阿鼻叫喚の地獄絵図となる。

アイリスは氷雪姫《レヴェルタリア》。この国でもファンが多い絶世の美少女だ。それが命の恩人とはいえたった一人の男のために声を張り上げ、笑顔を浮かべている。

しかも、アイリスといえば無表情で知られていた。それが、今までのイメージを覆すほどの子供っぽい大喜びぶりをさらけ出している姿に、観客たちは嫉妬の嵐に包まれていた。

あるいは、普段のお人形のような美しい姿とは裏腹に、心の底から楽しんでいるようなその自然体な笑顔を見て、男のみならず女までもがその頬を緩ませている。

嫉妬と羨望のカオス。会場はまさに混とんとしていた。

レヴェルタリア、恐るべしだな。

「てめえこら、ノア何某！　調子乗んじゃねえ!!」

「次で負けろ、くそが!!　アイリス様に付け入りやがって！」

「アイリス様！　あいつは魔術だけの男ですよ!!　ただの平民です！」

「白髪頭！」

と、次から次へと俺に対する罵詈雑言が飛んでくる。

今にもゴミが飛んできそうな雰囲気だが、さすがにそこら辺のマナーはしっかりしているようで、あくまで悪口にとどまっている。

もちろん、本気の嫌がらせというより、ほぼ百パーセント嫉妬の類なのだが。

女の子が絡むと怖いな、男は。

そんな中、荒れ狂う男の中にアーサーの姿が見えた気がしたが、そんなわけはないだろう。

だって仲間だしな。

まあ俺にとってはこれくらいの方が居心地がいい。あんまり褒められてもどう反応したらいいかわからねえからな。

だが、せっかく注目の的になっているんだ。名前を広めるにはいい機会だ。

ここはひとつ、多少は目立っておくとするか。

俺はぐるっと会場を見回し、そして、声を張り上げる。

「アイリスの声援一つで騒いで……みっともないぜ」

「「「あぁ⁉」」」

挑発に乗る観客に向けて、俺は片手を上げ煽るようにくいくいと手招きする。

「悔しかったらここまで降りてきな。相手してやるぜ」

「「「！！！」」」

「上等だこらあああ！」

「てめえがこい！」

わーわー！　とより一層ヒートアップする会場。

もはやお祭り騒ぎだ。その様子を見て、アイリスもあわあわと眉を八の字にして困った顔をしている。

さすがのアイリスも、もしかすると自分のせいかも？　と不安になる心はあるようだ。

『せ、静粛に！　確かに羨まし――じゃなかった、つ、次の試合が始まりますので、ノア・アクライトは直ちに控室に戻りなさい。というか、一触即発なので戻って！！！』

喧噪を割くように、まるで緊急警報のようなアナウンスが響き渡る。

さすがにこれ以上はやりすぎか。

俺は背中にギラギラとした視線を感じながら、へいへいと呟ながら会場を後にした。

その背中にいつまでも罵詈雑言が浴びせられたのは言うまでもない。

◇　◇　◇

控室に戻り、席に腰を下ろす。

外は未だに騒がしい。

もちろんアイリス関係で騒がしいというのもあるが、それよりもレオを倒したことの方が、魔術師たちにとっては衝撃を与えられたみたいだった。

ミーハーな観客たちはただセンセーショナルな試合だったと思うだけだろうが、この国に巣くっている魔術の重鎮たちにとってはただ事じゃないだろう。

なんせアルバート家の人間が無名の平民に負けたんだ。今頃大慌てだろうさ。

レオ自身はその辺に無頓着なようだが、そういった名を気にする魔術師はまだまだ多い。

本人はそうでなくても、周りが祭り上げるのはよくあることだ。

現に歴史ある魔術の名家の方がすべてにおいて上回るというのは理解できないわけではない。

やはり遺伝や素養、教育というものは魔術に関して絶大な影響を与える。

それがただ単に魔術の実力に関するだけのものだったら良いのだろうが、現状、魔術の名家や貴族はそれを超える地位と権力を持つ。

そういう世界で、無名の平民が勝利を収めるのは、都合の悪い人間も多くいるだろう。

これが暴れてこいと言ったシェーラの意図するものなのだろうか？　価値観をひっくり返してこいと？

――と、そんなことを考え始めたところで俺はフンと自分の思考を鼻で笑う。

「いや、んなわけはないか」

あのシェーラが、そんなことを考えているとは思えない。

実際何をやっているかわからない奴ではあるが――。

「お疲れ様、ノア君！」

爽やかな声が不意に聞こえる。

顔を上げると、ニーナが髪をふわふわと上下に跳ねさせながら、満面の笑みで駆け寄ってくる。

「おう、ありがとうニーナ」

「さすがだよ、レオ君を倒すなんて！」

ニーナは興奮気味に身体を前のめりにして、顔を近づけてくる。

「そうか？」

「そうだよ！」

いつになく食い気味だな。

「近いぞ」

「あっ、ご、ごめん！」

ニーナは顔を赤らめ、慌てて俺から離れる。

「レオだってこの学院のただの新入生だぜ？　そんな驚くほどのことじゃねえだろ」

「そうだけど……」

気を取り直して、ニーナは続ける。

「でも、レオ君といったら魔術師の家系なら知らない人がいないほどの有名人だからね。強さは誰もが認めてるんだよ。名前だけじゃなくてね」

「だろうな。確かに強かったぜ、レオは」

うんうん、とニーナは頷く。

「でも、私はノア君が勝つと思ってたよ！　ノア君はなんたって最強だからね」

自分のことのように嬉しそうに興奮するニーナは、キラキラとした目を俺に向け、Ｖサインを作る。

その純粋な視線と笑顔は、何だか懐いてきた小動物を前にしたような気分になってくる。

俺は思わず頭を撫でたくなる衝動を抑えながら、微笑む。

「ま、ありがとな」

「うん！」

満足げなニーナ。

「でも、次は俺とだぜ？　大丈夫かよ、そんなんで」

「！」

ニーナの顔が、不意に険しくなる。

「そ、そうだったね……」

そう、この次は俺とニーナの戦いが待っている。

俺たちは、準決勝の第二試合で戦うことになるのだ。

「ノア君と勝負……」

ニーナは神妙な面持ちで小さく呟く。

「もちろん、手加減はしねえぜ？　俺もニーナとは本気で戦ってみたかったからな」

「ノア君……！」

「今日ばかりは、最強だとかそんな感想抜きにして、全力でこいよ」

俺の言葉に、ニーナは覚悟を決めたようにきっと口を一文字に結び、気合を入れる。

「もちろん……！　次の試合ばかりはノア君のことを応援できないからね。私だって成長してるのを見せるんだから！」

「おう、その意気だぜ」

「ノア君は恩人だけど……だからこそ全力でいくよ。魔術だけは、裏切れないから」

さっきまでと打って変わり、その顔は真剣だ。

腐っても公爵家。自分の意思でこの学院に来た少女だ。弱いわけがないんだ。

「それでこそニーナだな。次の試合も、レオと同じくらい楽しみだよ」

第二章　準決勝

二日目の本戦、一回戦はすべて終了した。


一回戦第一試合勝者、Cクラス、リオ・ファダラス。

一回戦第二試合勝者、Bクラス、ルーファウス・アンデスタ。

一回戦第三試合勝者、Aクラス、ニーナ・フォン・レイモンド。

一回戦第四試合勝者、Aクラス、ノア・アクライト。


その結果は、決して万人の予想通りとは言えないものとなった。

だが、この勝ち上がりのメンツを見て、ほとんどの観客たちが優勝者を確信していた。

「これなら……今年はリオ・ファダラスで決まりかな」

「予想通りっちゃ通りだな。準決勝は一方的で退屈しそうだ」

そんな評価も聞こえてくる。

事前調査で人気だったレオとクラリスも消え、残った本命はリオ・ファダラスのみ。当然の感想だ。

順当に勝ち進んだ者、ジャイアントキリングした者、一矢報いた者……一回戦はそれぞれ見ごたえがあった。勝者に相応しくない、という異を唱える者は誰一人としていなかったが、優勝は決まったも同然だなと全員が思うのも無理はなかった。

それだけリオ・ファダラスの実績と名は凄まじいものがあるのだ。

そんな評価が飛び交う闘技場を後にし、俺は準決勝までの休憩時間を利用して医務室へとやってくる。

そろそろドマにやられた連中が起きているかもしれない。

たとえ傀儡になる前の状態だったとしても、何らかの手掛かりは眠っているかもしれない。

「失礼します」

言いながら、俺は医務室の扉を開ける。

しかし、中からの返事はない。

シーンとした空気が流れ、俺は恐る恐る中へと入っていく。

「誰もいないのか……」

ベッドには数人が横になっていた。

ドマにやられ、包帯がぐるぐる巻きだ。

だが、意識が戻っている者もいるようだ。

「おい」

「は、はい……？」

男は怯えた様子でこちらを見る。

そりゃそうか、目が覚めたら知らない場所で包帯巻きになっているんだ、怖くないわけがないわな。

なるべく怯えさせないようにしないと。

「悪いけど、少し話を聞いてもいいか？」

「は、はい……」

俺は簡単にここはどこで、何があったかを伝える。

「レグラス魔術学院というのは聞いてましたけど……俺が操られていた……？」

「あぁ。操作されていたか、あるいは記憶をいじられていたか、そのあたりはよくわからないが、少なくとも普段のあんたとは違う言動だったのは間違いないだろうな。記憶もないみたいだし」

「誰がそんなことを……」

「あんたが最後に覚えている記憶は何だ？」

「えーっと……」

男は眉に皺を寄せ、うーんと頭を捻る。

この状況でも協力してくれるとは、かなりいい人みたいだ。

他の人は皆まだ意識を失っていて話を聞けそうにない。この人に賭けるしかない。

「あっ、そうだ思い出しました」

「何だ？」

「確か……俺、港で荷運びの仕事をしてるんですけど……船乗りの見習いっていうか」

「なるほど。続けてくれ」

男は頷き、続ける。

「それで、確か誰かに倉庫に呼び出されて……それで……うッ！」

男は急に呻き、頭を押さえる。

「大丈夫か？」

「は、はい……な、なんとか……」

男は苦しそうに息を荒らげながら、ゆっくり深呼吸する。

「誰か、そこに……いたんです……」

「覚えているか？」

しかし、男は頭を振る。

「そこを思い出そうとすると、頭痛が……。ただ……白い何かだったような……」

「白い……」

一応手掛かりではあるが、これだけじゃどうしようもないな。

「わかった。助かったよ。ありがとう。休んでくれ」

「はい……。俺も、こんな目にあわされてムカついてるんだ。絶対、そいつを見つけてくれ」

「あぁ」

そう約束をし、俺はそのベッドを後にする。

話を今聞けるのは彼だけだった。あまり情報が得られたとは言えない。

今は常にニーナの周りを自警団が警戒してくれているからいいが、試合までに何とかしないと。

——と、俺が医務室から出ようと扉へ向かった瞬間。

その視界に、とある人物が飛び込んでくる。

「レーデ……ヴァルド」

嘘だろ？　昨日からまだいるのか？

確かに大分痛めつけはしたが、そんな入院し続けるような傷じゃなかったはずだ。

一体何が……。

近寄ってみると、確かに身体の表面上のけがは見当たらない。

「君は……」

レーデは虚ろな瞳でこちらを見る。

怪我や疲労からくるものじゃない。その目には見覚えがあった。

「レーデ、お前……」

「ごめん、お見舞い？　僕、君のこと知らなくて」

「!?」

どういうことだ？　冗談……には見えない。

レーデの顔は明らかに強張っており、俺のことを完全に認識していない顔だ。

「お前、俺のことを覚えてないのか？」

「いや、えっと……ごめん、どちら様？」

「…………」

おかしい。

症状は明らかにニーナを狙っていた奴らと同じだ。

仮にレーデがそうだとして、じゃあ何のために？　こいつがニーナを狙った事実はない。

他の目的のため？　だとすると、傀儡たちをよこしている奴の目的は一つじゃないのか？

「……なあレーデ」

「？」

「お前の記憶が頼りなんだ」

「記憶……？　ごめん、僕、戦いのショックでここ最近の記憶がなくなってるみたいで」

レーデは少し暗い顔で俯く。

やはりおかしい。反省しているというより、根本がガラッと変わってしまったような感じがする。

「じゃあ、最後に覚えている記憶は？」

「えっと……確か、英雄に……」

「英雄？」

しかし、そこでレーデの口が止まる。

パクパクと何かを喋ろうとはしているが、それ以上言葉が出てこない。

「……無理はするな。仮に精神系の魔術の影響下にあるなら、無理に突破しようとすると脳と心にダメージを負うぞ」

「……けど、何故か僕……何故だかわからないけど……」

そして、レーデはこちらを見る。

「君に、こうしてあげなきゃと思ったんだ」

「……」

「確かに見たこともない人だけど、顔を見た瞬間、君には……何か尽くしてあげるべきだって、そう直感したんだ」

それがどういう意味なのかは、本人にしかわからない。

ただ俺は黙ってそれを聞き、そしてそれを素直に受け入れることにした。

レーデは苦悶の表情を浮かべ、頭を抱えながら唸り声を上げる。

「う……うぅ……きおく……」

何かを思い出しそうな、そんな息詰まるような状態が続く中、レーデがハッと顔を上げる。

「そうだ――」

「何かわかったか？」

「最後に……あった人……。絹のような……髪……。サラサラとしていて、僕を惑わせるような色香……」

ハニートラップの類か？

確かに、男なら避けるのは難しいだろうが……。

「黒髪の……女性――」

「綺麗な黒髪をした女性……」

思いつくだけでも何人かいる。

だがそういえば、さっきの男は白い何かを見たと言っていたような。

白い……黒髪……いや、服か……？

白い服を着た、黒髪の女性……。名前は……。

「ヴィ――……ぅッ!!　頭が……!!」

不意にレーデは険しい表情で頭を抱え、苦しそうに呻きだす。

そして、少しの間苦しんだ後、静かに眠りについた。

俺はそっとレーデを布団に戻すと、そっとその場を離れる。

だが、その情報で俺はこいつらの言葉が示す人物が誰なのか心当たりが付いていた。

黒髪、白い服、高位の人物。

これらの特徴に合致する人物を、俺は一人知っている。

「あいつか」

彼らは強力な特権を持つ集団。

この国の国教である聖天信仰を司る、宗教団体。

その、聖天信仰の教えを遂行する魔術師集団。実行部隊。

ドマ曰く。

「奴らは代行者と言われる武力を持つ。宗教だがその力はもはや一個の軍だ。聖天信仰代行者。奴らとは俺も一度やり合いたいと思っていた」

邪教、異教……教えに背く者たちをその圧倒的武力で破壊してきた、対人戦のエキスパート集団。

それが、聖天信仰代行者。

「その聖天信仰代行者筆頭魔術師……ヴィオラ・エバンス」

昨日、俺に直接話をしに来た女。

見定めさせてだの、期待してるだのかなり上からな女だったから覚えている（強者の雰囲気を持っていたというのもあるが）。

もし仮に奴らがニーナ襲撃と関係があるなら、放置できない。

――はずだったのだが。

ヴィオラ・エバンスはもう既に、聖天信仰の総本山であるカルテリアへ帰還したという。

つまり、ニーナのあの試合で片が付かないことを悟ったヴィオラは、これ以上余計な駒を減らすのは得策じゃないと判断して引いたのだ。

冷静な奴だ。

一旦脅威は去ったと見ていいだろう。

だが、謎は残されたままだ。

何故レーデを洗脳したのか？

何故ニーナを狙ったのか？

俺を見定めると言ったことと何か関係あるのだろうか。

「……ヴィオラ・エバンスか。覚えておかねえとな」

そうして、俺はヴィオラという黒髪の魔女を敵対リストに加えたのだった。

◇　◇　◇

『それでは、準決勝を始めます！』

司会が進行を始める。

『準決勝第一試合、〝重力姫〟リオ・ファダラス対〝氷王子〟ルーファウス・アンデスタ！

準決勝第二試合、〝公爵令嬢〟ニーナ・フォン・レイモンド対〝ダークホース〟ノア・アクライト!!』

とうとう歓迎祭も大詰め。残ったのは四名のみ、レグラス魔術学院新入生のベスト4だ。

俺たち新入生にとっての、最後の戦いが近づいていた。

「ちっ……」

ふと、短い舌打ちが聞こえてくる。

壁にもたれ掛かり、腕を組んでいる男、ルーファウス・アンデスタからだ。

緊張からくるイライラか、何に対してのものかはわからないが、落ち着かない様子だ。

控室も人がほとんどいなくなった。

準決勝に進む四名のみが、ただ外の歓声と司会に耳を傾けている。

壁にもたれているルーファウス。

俺の隣に座るニーナ。

ニコニコしながら足をぶらぶらさせ後方に座るリオ・ファダラス。

三者三様に、それぞれ試合の時間を待つ。もう、間もなくだ。

「き、緊張してくるね、ノア君」

少し強張った声で、ニーナは恐る恐る俺に言う。

同意してもらって少しでも緊張を和らげたい。そういう表情だ。

「まあしょうがねえよ。落ち着け」

「そ、そうしたいのはやまやまなんだけど……」

ニーナは不安そうに俯く。

これじゃあいい勝負もできないな。

緊張で上手く魔術が使えなかったら、勝負にすらならない。それは困る。

「……自分が上手く戦えないかもしれないって不安なのか？」

「う、うん。相手はノア君だし……」

「おいおい、そんな調子で大丈夫かよ」

「え？」

「お前の言う通り、相手は俺だぜ？　そんな緊張するとかしないとか、そんな余計なことを考えて戦える相手かよ」

「そ、それは……」

ニーナも図星を突かれ、ぐぬぬと顔を顰める。

「いつも通りの力を見せてくれよ。せめていい勝負にするためにもな」

「！」

煽られたと気が付き、ニーナははっと目を見開く。

「……そうだね。その通り……！　私は現時点でノア君の足元にも及ばないかもしれない。けど、緊張なんかしてたら勝てるものも勝てない……！」

ニーナの顔が引き締まる。

「そうだぜ。相手が気心知れた俺なんだ。今持てる力を試すくらいの気持ちで全力でかかってきな」

「ふふ、確かに相手がノア君だと思うと不思議と落ち着いてくるかも」

「戦いになったら助けてやれねえからな。今日は祭りだぜ？　全力で楽しんでいこうぜ」

すると、ニーナはニコっと笑う。

「そうだね。きっとここまでこれたことに、私の家族が一番驚いてると思う。勿論組み合わせの妙もあったけど……でも、最後まで胸を張って戦うよ！」

ニーナは両方の手をぎゅっと握り、気合を入れる。

「その意気だぜ」

「さすがはニーナ様。そんな平民なんぞあなたの高貴な召喚術で叩き潰してください」

と、そのやり取りにルーファウスが口を挟む。

「もうルーファウスさん、まだそんな……」

「まあ待てよニーナ。察してやれ」

「ん？」

ニーナはきょとんとした顔でこちらを見る。

「ルーファウスもテンパってるってことだ。なんせ相手は優勝候補のリオ・ファダラス。噂以上の実力に緊張してんのさ。せめてもの落ち着く手段としてちょっと口が悪くなってんだよ」

「なっ……貴様……！」

ルーファウスは少し顔を紅くして拳を握り、ぎりぎりと歯を食いしばる。

そして、一度深く息を吐くと、落ち着いて言葉を口にする。

「無礼な……この俺様が緊張？　はん、言わせておけば。いいか、ここで勝って、そして決勝でも勝ち抜くのはこの俺だ。ニーナ様が負けることはないだろうが、万が一貴様が上がってきても、決勝であの時の雪辱を果たすだけだ」

「おうおう、言うねえ。だったら、次は勝たねえとなあ」

ルーファウスはふんと顔を背ける。

「……当然だ。俺はルーファウス・アンデスタ。氷魔術ならこの国で五本の指に入る貴族の息子だぞ」

すると、後ろで座っていたリオ・ファダラスが急に笑い声を上げる。

「キシシシシ!!　面白い！　いいね、その意気込み！」

リオはケラケラと笑いながら足をゆらゆらとばたつかせる。

「リオ・ファダラス……貴様を倒すのは俺――」

するとリオは興味なさげに手をブンブンと左右に振る。

「悪いけど僕はノア・アクライトにしか興味ないんだよねえ。他は有象無象だよ」

「あぁ？　小娘がなめるなよ」

ルーファウスの顔が一気に険しくなる。

プライドが傷つけられた時のルーファウスは怖いからなあ。

「小娘？　どこだろう」

リオはキョロキョロと周りを見回す。

「ナイスバディのお姉さんしかここにはいないんだけど……」

完全にリオはルーファウスをおちょくっている。

こんなこと、プライドの高いルーファウスが許せるはずもなく……。

「小娘が……いいだろう、氷漬けにしてやる。重力だか何だか知らないが、この俺には効かないと思え」

「キシシ、強がっちゃって。僕の相手が務まるといいけど」

幸か不幸か、リオの挑発により、ルーファウスの覚悟も決まったようだ。

さて、どれだけやれるか見せてもらおうか。

◇　◇　◇

『それでは、準決勝第一試合！　ルーファウス・アンデスタ対リオ・ファダラス。両者準備はいいですか？』

「当然だ。早く始めろ」

「せっかちだなあ、どうせ僕にやられるのに」

「言ってろ小娘。そのツインテールを両側から引っこ抜くぞ」

「はあ？　僕のチャームポイント引っこ抜くとか大罪なんですけど」

リオは両手でツインテールを掴みながら、顔を歪ませる。

「早く始めよう。さっさとぺちゃんこにしたくなっちゃった」

リオはトントンと跳ねながら、臨戦態勢に入る。

それを迎え撃つように、ルーファウスも真剣な眼差しでリオを見据える。

ルーファウスとリオの名前は、その家の名前のデカさもあり、魔術師ならば大抵の人間は知っていた。

中央に立つ金髪の少年と、ツインテールの少女。

下馬評でも高順位同士の戦いであり、誰もが見たい戦いだった。

そのせいもあってか、観客の見る目も開幕から真剣そのものだ。

シンと静まり返る会場で、観客は司会進行をただじっと聞いている。

『……それでは、準決勝第一試合――開始!!』

異様な雰囲気の中、高らかに告げられる司会の開幕の合図から、様子見なんかしないよと言わんばかりに、リオはすぐさま手をルーファウスに向けてかざす。

「〝グラビティ・ボール〟!」

出現するのは、地面を抉り取る球状の重力圧。

ブウォンと禍々しい音を立て、真っ黒な球体はすべてを吸い込みそうなほどの存在感を放つ。

これをまともに食らったらいくらルーファウスでもただでは済まない。氷魔術でどうにかできるものじゃない。

真っすぐにルーファウスを目指すグラビティ・ボールは、その軌跡を抉り取りながら突き進む。

軌道上にいれば、その重みでぺしゃんこになるのは想像に難くない。

――しかし。

「いきなり飛ばして、ばてても知らないぞ」

ルーファウスが右腕を横に振ると、ルーファウスの周囲が一瞬にして巨大な氷の塊に囲まれる。

それは何人たりとも寄せ付けない、凍てつく氷の城塞。聳え立つルーファウスの氷のテリトリーだ。

その城壁の上部分にリオの重力は弾かれる。

テリトリーの中央で立つルーファウスは余裕の笑みを浮かべる。

「届いてないぞ、ツインテール。その程度か？」

「――生意気」

刹那、リオは手をルーファウスの方へかざすと、ぐっと引き寄せる。

すると、まるでその動きに呼応するように、リオの方へルーファウスの身体が一気に引き寄せられる。

「ぐっ……なにっ⁉」

全力で後方へ倒れようとするルーファウスをよそに、その重力はルーファウスをぐいぐいと引き寄せていく。

クラリスでの戦いでも使わなかった、横の重力攻撃。

上から押さえつけるのではなく、自分の方に引き寄せる力。

変幻自在か、あの重力魔術は！

「倍にして返してあげる」

「まだ攻撃してないだろ……！」

「未遂も同罪」

リオはあっけらかんとした顔をしているが、ルーファウスがその怒りを買ったのが分かる。

この闘いのリオは、少しだけ本気だ。

そして、さらに魔法陣がリオの周りに追加され、もう一段階、リオの引き寄せる力が上がる。

「ぐおおお！！！」

一気にリオの眼前にまで吸い寄せられたルーファウスは、その勢いのままにリオのボディブローをもろに受ける。

「ぐはっ……！」

「か弱い女子のパンチで苦しまないでよね〜まったく」

重力での速度の乗ったパンチは、通常では考えられないほどの威力を誇っていた。

ルーファウスの顔は苦痛に歪み、腹を手で押さえて前のめりに屈む。

リオの近接戦闘は、威力はないが重力魔術との相性が完璧だった。

通常の魔術師では、自分に何が起こっているかわからないうちにボコボコにされて終わる。

リオはさらに次の攻撃に移ろうと身体を捻る——だが。

「ア……〝アイスロック〟!!」

「！」

瞬間、ルーファウスの後方に浮かび上がった複数の魔法陣から、氷の塊が無造作にリオに襲い掛かる。

とにかく距離を取る必要がある。でなければ、永遠に捕まったままだ。

致命傷ではなくても、当たれば隙ができる。それに賭けた無差別攻撃だった。

しかし、それをすぐさまリオは〝グラビティ・ボール〟で叩き落とす。

魔術の発動も最速。力の差は歴然だ。

だが、その魔術発動の一瞬の隙を突き、ルーファウスはリオの重力圏から転がり出る。

自身の魔術の中でも上位の威力を誇る魔術を犠牲にしての脱出。しかも、その魔術はリオの常用魔術で粉砕された。

「はあはあはあ……」

息も絶え絶えに、ルーファウスは焦っていた。この数手ほどの戦いで既にわかってしまった、予想以上の実力差。

上からの重力対策は最初の〝アイスキングダム〟で十分だと思っていた。しかし、予想外の横からの重力。

思い出されるのは、何もできず圧倒されたノア・アクライトとの戦い。

天と地ほどの差を見せつけられ、プライドはズタボロ。今までの常識を壊す必要があるほどの、圧倒的な敗北だった。

もう、あんな思いはごめんだと、ルーファウスは嫌いな訓練を繰り返してきた。

ノアへ再挑戦するという、ただそれだけのために。

その絶好の機会がこの歓迎祭だった。

ノアとの戦い。その切符が今目の前にあるというのに、リオの強大な力に押し潰されようとしていた。

ルーファウスはそんな自分の不甲斐なさに苛立ちを覚える。

もっと早く気が付き、鍛え始めていれば。そう思わずにはいられなかった。

憎たらしいが、ルーファウスに更なる成長の機会を与えたのは、紛れもなくノアだった。

だからこそ、ノアに力を証明してみせたかった。だが、これは魔術師同士の戦い。

プライドとプライドのぶつかり合い。捨てるだけではなく、背負う必要がある。

「そうか……まあ、仕方ないな。俺は、そうなんだから」

「ん？　諦めたか？」

不可解だと言わんばかりの表情で、リオは首をかしげる。

ルーファウスは覚悟を決める。その顔には、いつもの不遜な表情は浮かんでいなかった。

対ノア・アクライト用。決勝戦のために温存していた魔力をすべてここで出し切る。

後のことは考えない。

アンデスタ侯爵家の男として、目の前の敵を粉砕する。

ルーファウスは、この闘いで一皮むけようとしていた。

「俺はアンデスタ侯爵家が次男、ルーファウス・アンデスタ……！　魔術の名門にして侯爵！

そのプライドにかけて……全身全霊をもって貴様に挑む……‼」

「へえ……言うじゃん」

その言葉に、リオは口角を上げる。

ここからが、ルーファウスの本当の戦いだ。

「うおおおお！！！」

ルーファウスはさっきまでのように構えて打つという動作を捨て、移動の中でがむしゃらに魔術を発動させていく。

「〝アイスエッジ〟……三連！」

三連の氷の槍が、リオの足元へと突き刺さる。

「あれ、意気込みの割には効か――」

「〝アイスロック〟‼」

リオが退避する隙を与えず、すぐさまリオの顔面に氷の礫が襲い掛かる。

そう、ルーファウスが選んだ新たな道。それは、泥臭い戦いだった。

相も変わらず氷は美しく凍結し、会場の気温を一気に下げていく。

だが、その美しさは、今までのような造形としての美しさではなかった。

〝アイスロック〟、〝アイスエッジ〟、〝アイスランス〟……ルーファウスが主力としていた派手で強力な魔術たち。

強さと優雅さを追い求め、常に余力を残すことを美徳とするのがルーファウスの貴族としてのプライドだった。

それはノアに敗れてからも変わらなかった。

しかし、ここにきてルーファウスは悟る。それだけでは、先へは進めないと。

五本の指に入る氷魔術の名家にして貴族。勝ちより大事なものはない。魔術師としてのプライドが、確実に芽生え始めていた。

それは見た目にこだわってきたルーファウスにとって大きな変化だった。

今まで忌避さえしてきた行為。自分の魔術の才能だけに頼ってきたルーファウスにとって、自発的に特訓するという行為すら前までの彼からは考えられない行動だった。

才能だけでは勝てない相手がいる。

それをノア・アクライトで学び、そして今、特訓してもなお戦いに対する考え方を変えなければ勝てない相手がいるという事実に直面する。

「ははっ……！　今更笑えるな……だが、不思議と悪くない……！　俺様は……まだまだ成長できる……！」

ルーファウスは戦いながら喜びを感じ始める。

泥臭い、必死な戦い。

簡易な魔術である〝アイスボール〟を使った攪乱や、氷で囮を作り陽動する戦い方。

美しく巨大な魔術で一発で破壊するのではなく、布石を打ち、相手を倒すことを意識した、戦う魔術。

ルーファウスにとって、今までとは全く違う魔術の使い方だ。

懸命に必死に。会場の誰もが、ルーファウスがそんな戦い方をするとは思ってもみなかった。

その戦いぶりはリオに届いたのか、開始早々の退屈そうな顔は消え、生き生きとした笑みが漏れている。

「やれば……できるじゃん！」

リオも興が乗り、楽しげに重力魔術を行使する。

「うおおおお!!」

しかし、根本的な実力差には、この場の勢いや気合だけではどうしようもないものがあった。

初めはうまい具合にリオの行動を操れていたが、徐々にルーファウスの攪乱や陽動も効かなくなっていく。

というよりも、付け焼刃のルーファウスのその戦い方は、圧倒的破壊力を持つリオ・ファダラスの前には初めからさほどの効果はなかった。リオ自身がその戦いに乗った方が面白いと判断したにすぎなかった。

「〝アイスダミー〟……！」

複数体のルーファウスを模した氷のオブジェクトが、一斉に創造される。

実力差はある。だが、腐ってもルーファウスは氷魔術の名家。まだこれだけの氷を一瞬で作り上げる魔力が残っているのは、並大抵のことではない。

さらに、ルーファウスは〝アイスボール〟を複数射出し、自ら砕くことで礫を作り、相手の視界を遮る。

「つ！　一個一個壊すのは訳ないけど……いい加減鬱陶しいよっと！」

リオ・ファダラスが手を前にかざすと、上空より広範囲の重力が、まるで天井が落ちてくるかのように叩き付けられる。

その圧により、一瞬にして礫も氷の彫像も粉々に砕け散る。

その時をルーファウスは待っていた。

「その瞬間を待っていたのさ!!　広範囲重力魔術直後の一瞬の隙！」

壮大な囮を使い、自身は礫に紛れて密かにリオの背後に回り込んでいたルーファウスは、リオ・ファダラスの態勢が整う前に、リオに向けて手をかざす。

完全な隙に、反応できない角度からの全力魔術をぶちあてる。

「これで終わりだ……!!　俺はお前を超える！　〝アイス・ロッ――〟」

――刹那。

ルーファウスの背筋に、自分の氷以外のものによって初めてぞくりと悪寒が走る。

確実に隙だったはずだった。

いかにリオとはいえ、広範囲の魔術の発動直後にはその反動で隙ができるはずなのだ。

それはノアも例外ではない。ノアの場合は、それを補うためになるべく狭い範囲で済む魔術を高速で打ち出し隙を作らない戦いを意識している。

黒雷を打ったならば、その後ほんの僅かだが隙ができるのだ。

つまり、これだけ不意を突く位置で、しかも広範囲魔術発動直後であるならば、本来はルーファウスに気付く間もなく魔術を食らうはずだった。

その時、ギロリとリオ・ファダラスの目が、見失っていたはずのルーファウスを向いた。

リオはお見通しだった。

いくら隙が出るとはいえ、意識できているのなら話は別だ。

リオは重力魔術の使い手。

自分の戦うフィールドの重力変化の把握は造作もなかった。

いくら視界で捉えられていなくても、ルーファウスの行動の把握はしっかりと終えていたのだ。

ルーファウスが気付いた時には遅かった。

「視えてるよ、全部」

キシシ、と笑い声が聞こえる。

発動しかけていた巨大魔術を、一瞬にして止める技術はまだルーファウスにはない。

振り返る、異才の少女。

まるで竜巻のように、宙で円を描くツインテール。

そして、頭上には、真っ黒く染め上げられた黒い球体。

「〝グラビティ・ボール〟」

「――」

ボゴンッ！！！

「ぐおあああ！」

異質な音を立て、ルーファウスは地面へと押し潰される。

それは一瞬の出来事だった。

半球状にへこんだ地面。その中央で、ルーファウスはうつ伏せに倒れこむ。

叩き付けられたルーファウスはワナワナと身体を震えさせ、必死に立ち上がろうとする。しかし、腕に力が入らず、ガクッと腕を滑らせるとそのまま倒れこむ。

ルーファウスは薄れゆく意識の中、それでも確かに手ごたえを感じていた。

この闘いの先に、自分の魔術があると。

満足感を持ったまま、ルーファウスは気を失った。

リオはしゃがみ、ルーファウスを見下ろしながらキシシと笑う。

「予想外に、途中からはまあ楽しかったかなあ。ま、僕の敵じゃなかったけど」

『勝者――リオ・ファダラス！！！』

一斉に歓声が上がる。

会場中が割れんばかりの歓声。

「さすがリオ！」

「魔術の天才！　お前が一番だ！」

「ナイスファイトだぜ、アンデスタの坊主！」

リオへの大量の賛辞と、ルーファウスへの少量のねぎらい。

だが、会場の歓声のほとんどは、そのリオの圧倒的力にだった。

ルーファウスはアンデスタ侯爵家の人間だ。魔術の歴史をさかのぼれば、相当優秀な家だと誰もが知っている。

それが手も足も出なかった。完敗と呼ぶにふさわしい。

ノアとの戦いは非公式だったこともあり、彼が負けたことを知る者は一部の学院関係者に限られていた。だから、公式に敗れる姿を目の当たりにするのはこれが初めてなのだ。

これが、リオ・ファダラスの強さ。

元冒険者クラリス、そしてアンデスタ侯爵家ルーファウス。続けて大物を打ち取ったその力。

まさに王道。

会場のボルテージは一気に上がる。

既に多くの魔術機関が、リオ・ファダラスに目を付けていた。

宮廷魔術師の母と騎士団の副団長を父に持つ魔術の名家。血筋も申し分ない。

兎にも角にも、歓迎祭決勝戦への最初の切符を手にしたのは、リオ・ファダラスとなった。

◇　◇　◇

「ルーファウスさん……」

ニーナは心配そうに会場を見つめる。

昔からの知り合い……確かに心配にもなるだろうな。

「そんな気にするなよ」

「だって、あんな負け方したら……」

心が折れてしまうんじゃないか。ニーナはそう思ったのだ。

ニーナは眉を八の字にし、語気を落とす。

「俺はそうは思わないぜ？」

「え？」

ニーナは不思議そうに俺を見る。

「後半からの戦いは明らかに何かが吹っ切れていた。実力差をわかった上で、それでもプライドを持って勝ちにこだわった。前みたいなくだらない貴族のプライドじゃなくて、魔術師としてのプライドをな」

「プライド……」

俺は頷く。

「入学早々に突っかかってこられた時はやれやれと思ったけどな。でも、負けが魔術師としての自分に火を点けたんだろ」

「そんな風に考えたことなかったよ。ルーファウスさんも変わったのかな」

「あぁ。じゃなきゃ、こんな必死なルーファウスは見れなかったさ。こっから先は、うかうかしてられねえかもな」

　俺はググっと伸びをし、ニーナを見る。

「負けを知って、俺やリオ・ファダラスに実力差を見せつけられて、それでもあんな戦いができるんだ。きっと前みたいにくだらねえことにこだわらないで、さらに進化して俺たちにリベンジしてくるぜ」

「なんだかノア君楽しそうだね」

「当然だろ。俺の対人戦の貴重な相手なんだ。強くなってもらわなきゃ困るさ。もちろん、アーサーもニーナもな」

　すると、ニーナはハッとした顔をして、改めて険しい顔つきをする。

「……そうだね。もちろんノア君の実力は知ってるよ。確かにルーファウスさんの戦いは凄かったよ。上手く言えないけど……私もルーファウスさんに続こうと思う」

　神妙な面持ちで、ニーナは思いを口にする。

　公爵家。想像以上に、それは重い肩書きなのかもしれない。

　平民だなんだ、最初から見くびられているくらいの方が、気楽に強くなれるのかもな。

　だが、ニーナはその重圧を受けながらも、その目には強い意志を宿していた。

「できるか？」

　ニーナは力強く頷く。

「ノア君が凄いのは知ってるよ。けど、今日が最初の一歩」

ニーナは自分に言い聞かせるように呟く。

「今日ばかりは敵同士だからね。……私だって、勝つ気で挑むよ……！」

みるみるとニーナの闘志が燃えていくのがわかる。

俺は何だか嬉しくなり、思わず笑みが零れる。

「いいね……楽しくなってきた。俺もニーナを侮るつもりはねえぜ。いつでも全力で相手してやるさ。油断も遠慮も一切しねえ、それが、俺が最強であり続けるための絶対原則だ」

「今日ばかりは胸を借りるつもりはないよ……！　私の召喚魔術、その全部をぶつけて勝つんだから！」

◇◇◇

会場の準備が整い、俺とニーナは促され闘技場へと上がる。

ルーファウスとリオ・ファダラスの戦いから、冷めやらぬ興奮が会場に満ち溢れている。

俺とニーナは、お互い向かい合わせで見つめ合う。

もう言葉はいらない。

ニーナの顔にはいつもの柔和な表情はなく、張り詰めていて、それでいて覚悟の決まった良い顔をしている。

きっと公爵令嬢にして、召喚魔術を扱うニーナに対するみんなの期待は凄いものだろう。それは、今も聞こえるこの歓声が物語っている。

「ニーナ様、期待していますよ！」

「あなたならやれます！」

至る所から聞こえる、ニーナを信じる声。

それが今はニーナのプレッシャーではなく、力になっている。

一方で、一部ではダークホースのようにここまで勝ち上がってきた俺に対する期待の眼差しも感じられる。

俺が勝つにしてもニーナに花を持たせ「いい戦いだったな」という感じを演出するのが、俺が求められている立ち居振る舞いなのだろう。

偽物を倒し、皇女を救い、そしてレオを倒した男。前評判とは裏腹に快進撃を続けるダークホース。

そんな俺を、それでも持ち前の召喚魔術にて圧倒する公爵令嬢のニーナ。

皆はそれを期待している。それくらいは俺にだってわかる。

だが——悪いが俺は一切遠慮するつもりはねえ。

ニーナの力は知っている。遠慮も慢心もなく、ニーナの力を見切った上で完璧に勝つ。

それが、シェーラからの課題。俺の力を世界に知らしめる絶好の機会だ。

まずはこの歓迎祭で優勝して、新入生には敵がいないことを内外に証明する。

俺の目的である、シェーラの課題を達成するための第一歩だ。

やるなら、陰でコソコソ動くのではなく、公式の場で、正々堂々正面から、俺は俺の力を証明する。

まさに、今ここそが、最高の舞台なのだ。

だが、これは準決勝。ニーナも奥の手を使ってくることは想像に難くない。そう簡単にはいかないだろう。

だが、どんな戦いにも落ち着いて対処する。それが戦いの基本であり、俺がしてきたことだ。

決してこの戦いは無駄じゃない。たとえ決着がすぐについたとしても、お互い得る物がある。

俺はちらっとニーナの顔を見る。ニーナは、俺と目が合うと静かに頷く。

さあ、俺の対人戦の貴重な経験を蓄えさせてもらうぜ。

相手の力をある程度わかっているのはニーナも同じこと。

何らかの策を練ってくるのは当たり前だ。俺はそれを受け止めた上で、勝つ！

『両者、準備はよろしいですか？』

俺たちは、お互いにゆっくりと頷く。

会場はシーンと静まり返る。独特の雰囲気が会場を包む。泣いても笑っても、これで勝った方が、決勝でリオ・ファダラスと最強の座をかけて戦うのだ。

ニーナと真剣に戦うのは、これが初めてだな。

『――では、準決勝第二試合……はじめ！！！』

今、戦いの火蓋が切って落とされた。

ニーナはすぐさま臨戦態勢に入り、腰の魔本を開く。

パラパラとページがめくれ、止まったところ手をかざす。

さあ、どうくる？

召喚術自体と俺に縁はない。知識としてはあるが、使用したことがない。

召喚術は魔物とも契約可能だが、ニーナの召喚魔術は基本的に精霊を中心に構成されている。

ニーナは召喚術師であり、同時に精霊使いでもあるのだ。

基本精霊であるフェアリーを軸に、火の精霊サラマンダー、風の精霊シルフ、水の精霊ウンディーネ。

ここまでのニーナの戦いで存在が確認された精霊たちだ。手札が四枚あると考えていい。

さらに、魔力が低コストのフェアリーを贄にすることで、瞬時に上位の精霊と切り替えることができる召喚魔術〝コンバート〟による戦闘への対応力。

恐らく、フェアリーだけでなく他の精霊からの〝コンバート〟も可能だろう。

先手を取らなくても相手の弱点を押さえられるのは脅威だ。

そして今考えなければいけないのは、ニーナの奥の手だ。

それが何かによって、俺の対応も変わってくる。奥の手は執拗に隠していたが、これだけ情報があれば大方予想がつく。

召喚術師の奥の手は、素直に考えて召喚精霊だろう。そして恐らく、残された召喚精霊は地水火風の最後の一属性。

地を司りし四大精霊が一角。

――地の精霊ノーム。

俺への切り札としては申し分ない精霊だ。

それをここまで残してきたと考えれば、いかにニーナが優勝することを見据え、そしてその過程で俺と戦うことになると想定していたかわかる。

あれだけ不安そうな顔をしておいて、しっかり優勝を見据えていたってわけだ。

さすが、家を飛び出してこの学院に来ただけはある。

地属性は俺の雷魔術に対抗できる唯一の属性だ。

雷を絶縁させることができるため、徹底した防御の態勢を取られれば俺の攻撃は通りにくくなる。

普通なら攻撃を止め続けているうちに魔力が尽きるだろうが、残念、ニーナの魔力量は突出している。長時間の耐久も可能だろう。

――相手が並の雷魔術使いならな。

「〝契りは楔、繋ぎ止めるは主従の盟約。血と魔素、八の試練。今、主従の盟約に準じ、我が召喚に応えよ〟――――」

ニーナの魔本が光り輝き、その上に魔法陣が浮かび上がる。

来るか。

そこから、一体の小さな精霊が姿を現す。

ずんぐりとして、黄土色をした精霊。

「地の精霊〝ノーム〟!!　お願い、力を貸して!!」

『ウゴオオアアアアア！！！』

予想的中！

さて、じゃあお手並み拝見といきますか。

「〝スパーク〟！」

すかさず最速の雷魔術。

「ノーム、防いで！」

『ウゴアアア!!』

瞬間、ノームが地面に向けて腕を振り下ろし、ニーナと俺の間に土の壁がせり上がる。

それは見事にスパークを弾き、残りの雷はその土に吸い込まれるように霧散する。

それを見て、観客たちが一気に歓声を上げる。

「あの少年の雷が……まさか止められたか!?」

「さすが公爵家のご令嬢……！」

なるほど、俺のスパーク程度ならノームの防御で守り切れるか。

「これでどう、ノア君……！」

自信満々な表情で、ニーナは誇らしげにノームの背を撫でる。

ただの土じゃないな。魔力が練り込まれ、生成された特殊な土だ。

ノームの雷に対する耐性が顕著に現れた特注の壁。もしあれがただの地面なら俺のスパーク
で粉々に出来た。少し厄介か。

「なるほど、しっかり考えてきたってわけね」

「そうだよ、ノア君。私はノア君を超える……！」

いいね。ようやく対人戦らしくなってきた。

俺を倒すため、俺を乗り越えるために手の内を隠してきたニーナ。

俺の力を抑制し、自分のフィールドでの戦いを強制しようとする策略。いいね、俺はそれを
圧倒して、最強として決勝に進む。

さあ、戦いの始まりだ。


「いっけえ!!」

ノームはフワッと宙に浮きユラユラと漂うと、一気に魔術を行使する。

地面を波状に押し寄せてくる二メートルを超える土の壁。

まさに土の津波！

スパークでは対応できないのは既に確認済み……だったら、普通に避けるまでだ。

俺は〝フラッシュ〟で一気に加速すると、迫りくる壁を軽々と飛び越えてみせる。

しかし、壁の向こう側、開けた視界ですぐ目に入ってきたのは、俺目掛けて飛んでくる無数の岩の礫だった。

「！」

俺が壁を突破するのを見据えての二段構えの攻撃。

空中で身動きが取れないところを狙い、俺の移動位置を予測して予め魔術を放っておいたか！

「――ははっ！」

俺は思わず笑い声を漏らす。

モンスターが相手だとこういうトラップは用意してこない。これでこそ対人戦だ。

だが、不意打ちとはいえ〝フラッシュ〟で加速している俺を捉えることはできない。

土の壁の上で支えにしていた手を入れ替えると、壁の裏側を足場にして、一気に跳躍する。

飛んでくる礫を軽々と避け、徐々にニーナとの距離を詰めていく。

召喚術師との戦いでは、術師本人を狙うのがセオリーだ。

召喚術師を叩けば、そもそも強力な召喚対象と戦う必要もなく、また追加の術も防げる。

だが、もっと簡単な方法がある。

それは、その強力な召喚対象そのものを排除してしまうことだ。

一度召喚対象が破壊されれば基本的に再召喚までかなりの時間を要する。

そうなってしまえば、魔術的要素のほとんどを召喚対象に頼っている術師を倒すのは容易だ。

一般的にそれを狙わないのは、召喚された精霊やモンスターは魔術師の力量を基本的に上回っている可能性が高く、さらに、後だしじゃんけんのように相手の不利となる精霊やモンスター（俺を狙い撃ちしたノームのように）を召喚できるため、召喚対象自体への攻撃が通り辛いからだ。

つまり、召喚対象を破壊するのは相応の実力がないと無理だが――俺ならできる。

俺のスパークを防げる壁を生成できるとはいえ、ノーム本体への近距離からの攻撃は避けようがないだろう。俺の速度なら近づくのは容易だ。

あの壁を複数枚展開されれば、他の魔術も防ぎ切られる可能性がある。ならば、岩の壁を生成するより早く電撃をぶち込むだけだ。

そう、一瞬の間に攻撃の展開を想定し、改めてニーナを見る。

すると、ニーナも俺が精霊の破壊を狙っているのは承知のようで、岩石の陰に紛れて壁を生成し、上手く俺の行動を制限してくる。闘技台の上はさながら迷路のように入り組み始めていた。

明らかに想定された動きだ。俺の機動力を削ぐためのお手製の迷路か。

さすがに後手に回りすぎたな。ニーナのノームを使っての戦い方はわかってきた。

地形を創造できるノームによる、地の利を生かした戦法だ。

様子見はもう十分か。そろそろこちらも攻勢に出るか――と思った瞬間、先にニーナが動く。

「今っ！　閉じ込めて、ノーム！」

『ウゴアアア!!』

俺の方を向いて叫び声を上げるノーム。次の瞬間、俺を中心とした四方から、土の壁がせり上がる。

それは攻撃をするでも防御をするでもなく、建造物を作るかのようにぴったりと合わさると、俺をすっぽりと覆い尽くし、完全に外界と遮断する。

密閉された土の牢獄。光が入り込む隙もない、完璧な密閉空間だ。

「……へえ、まだこんな魔術が残っていたのか」

なかなかやるな。

これも俺対策で考えてきた技か。

地水火風、四属性操れるだけで他の魔術師に対して大きなアドバンテージを取れる。

さらに、精霊自身もこれだけの魔術を使えるとなるとニーナの総合力は新入生でもトップクラスなのは間違いない。

召喚は基本的に術者の魔力を消費する。

術者をエネルギー源として、精霊は魔術を行使する。だから、ニーナ自身の魔力量が多くないとそもそも戦闘すら不可能なのだ。

ニーナは魔力量がかなり多い。入学前、俺と出会った頃は一人と戦闘するだけが限界だったのが、今ではこの歓迎祭を戦い抜くだけの魔力量を手に入れている。

相手が俺じゃなければ、決勝も夢じゃなかったんだがな。

悪いが、さっさと終わりにさせてもらうぜ。

「これでノア君の動きは封じた！　今のうちに……!!」

外からニーナの声が聞こえる。

俺はそんなのはお構いなしに、そっと壁に手を触れる。

ひんやりとした土の感触が伝わる。

この感じならいける。

俺は一気に魔力を練り上げ、一点集中。暗闇の空間に、ボウゥっと魔法陣が浮かび上がる。

そして、魔術を発動する。


「――〝ライトニング〟」


瞬間、眩い閃光。

次いで、雷鳴と轟音。

「何!?」

目の前の壁は粉々に打ち砕かれ、外の光が中へと差し込む。

俺の右手の前に現れた魔法陣から飛び出した電撃は、一瞬にしてノームの壁を破壊した。

「なっ……ノームの壁が!?」

その光景に、ニーナは驚きを隠せないでいた。

相性は完璧、完全に封じ込めたと思ったのだろう。

この後のプランもあったはずだ。だが、俺には効かない。

「短い拘束だったな。けど、結構いい線いってたぜ」

スパークは威力の低い速攻魔術。

ライトニングならいけると踏んだが、俺の見立ては間違ってなかったみたいだ。

「さすが、ノア君ってことだね……」

ニーナはギリッと歯を食いしばる。

だが、戦闘中に悔しがってるようじゃだめだぜ。

俺はニーナが想定外の出来事に唖然としているのを見逃さず、すぐさまもう一発の〝ライトニング〟を放つ。

「隙だらけだ」

「ッ!!　ノーム!!　壁を――」

「間に合わねえよ」

俺はクイッと右手を上下左右に動かす。

俺の放った〝稲妻〟は俺の手の動きに合わせて急激な角度をもって屈折する。

その稲妻は、不規則な軌道を描き、目にも留まらぬ速さで飛び回るとニーナ目掛けて突き進む。

「ノーム、私を――」

る。

俺は追加でもう一つ、稲妻を屈折させる。

俺のライトニングはニーナの目の前で左に曲がると、土の壁を迂回し、ノームへと襲い掛か
「と、見せかけて」

『ウガアアアア！！！』

「ノ、ノーム⁉」

俺の放った〝稲妻〟は、的確にノームの心臓部を貫く。

正面切ってこの距離から魔術を放っていたら、複数の壁の生成が間に合い威力を殺され、防がれた可能性は高い。

だが。自ら俺の周りに生成した壁。それにより俺の行動を読むことができなくなった。そして、こんなにも早く俺の魔術がノームの壁を破壊するとは想像できていなかったんだろう。

〝黒雷〟なら余裕だろうが、俺が観客のいるこの場でそんな周りを巻き込む可能性のある魔術を使う可能性は低いと判断したんだろう。

俺を閉じ込めた状態で一気にケリをつける攻撃魔術があったんだろうが……一歩遅かったな。

直撃した〝稲妻〟は、ノームを芯から破壊し、ノームはサァっと砂が風に吹かれていくように、空気中に霧散し、消えていく。

「ノーム！　くっ……！　再召喚までインターバルが──」

苦い顔をするニーナに、俺はすぐさま詰め寄る。

ピタッとニーナの眼前に手をかざし、ニヤリと笑う。

「チェックメイト」

「〜〜〜！　――……はぁ」

ニーナは観念した様子で溜息をつくと、ぎゅっと目を瞑る。

手に持った魔本を開く間もなく、ニーナは悔しそうに片手を上げる。

そして、僅かに微笑む。

「あはは……参った、さすがノア君だね…………降参です」

『勝者――ノア・アクライト!!』

割れんばかりの歓声が、俺たちを包み込んだ。

第三章　クライマックス

長く続いた歓迎祭も、いよいよクライマックスを迎えようとしていた。

決勝戦。今年の新入生の強さを測る、魔術界が注目する戦い。

これを終えれば、俺は晴れて新入生の中でトップとなる。

俺はニーナとの戦いを終え、決勝までの空いた時間で観客席へと戻っていた。

ニーナは念のため治療を受けている。

「ニーナ様、あんなに強くなっていたなんてなあ」

「あぁ。昔はお姉さんにくっついていた印象しかなかったが……成長するものだな」

そんな評価が聞こえてくる。

ニーナの強さは確実に認められていた。その一方で、俺に向けられるのは畏怖とも恐怖とも取れる視線。あれが最近この学院を賑やかしている男かと、奇異の目とも言える興味の視線だ。

良い傾向、良い傾向。

「とうとう来たなあ……！」

興奮気味に後ろに立っていたアーサーが、ガバっと俺の肩に手を回す。

「ノアならぜってえ行くと思ってたけどよ!!」

アーサーは興奮気味に声を荒らげる。

その姿からは、もちろん俺への期待もあるのだろうが、負けてしまったことへの悔しさも滲み出ているようだった。

「ありがとよ。まあ当然さ」

アーサーはニッと笑う。

「へっ、相変わらずだな。だが、今回ばかりは嫌だと言っても全力で応援するぜ。なあ、クラリスちゃん！」

すると、隣に座るクラリスは、腕と足を組み、ふんと鼻を鳴らす。

「馬鹿馬鹿しい。何言ってるのよ、自分が出ない決勝なんて興味ないわ」

アーサーの言葉を正面から一刀両断、クラリスはぶっきらぼうにそう吐き捨てる。

すると、アーサーはニヤッと笑う。

それを見て、クラリスは怪訝な顔をする。

「な、なによそのいやらしい顔は……」

「その割にはよ、随分とソワソワしてるじゃねえか。そんなこと言ってクラリスちゃんも楽しみなんだろ？　ノアの決勝戦が」

その言葉に、クラリスは目を見開いて反論する。

「うるさいわね！　私以外が優勝するとしたらノアしかいないって思っているだけよ！　別に楽しみにしてないわよ！」

クラリスは腕を組みなおし、ふんと顔を逸らす。

「本当か⁇」

懲りずに、アーサーはただ見ているだけの俺でさえうざったいと思うような顔で、ぐいっとクラリスに近寄る。

「……本当よ」

対するクラリスも、その態度は変わらない。

「どうだかなあ」

「しつこい！」

クラリスのチョップが、にやけ顔のアーサーに襲いかかる。

「ぐはっ！」

アーサーは涙目になって頭頂部を押さえる。

「いっ……てえよ‼」

「しつこいのよ、本当に！　楽しみにしてるとか、そういうんじゃないのよ！」

クラリスは興奮気味に声を張り上げる。

「ヴァン様の弟子なんだからそれくらい当然にやってよねってだけよ！　しつこいのよ！」

「いてて……ま、まぁいいじゃねえか。最後だしよ、純粋に楽しもうぜ」

クラリスはため息をつく。

「わかってるわよ、そんなことは。私だってこの闘いに水を差すつもりはないわ」

そう言って、クラリスは俺を見る。

「――せいぜい退屈な試合しないでよねノア。私が決勝戦の場にいた方が良かった……なんて感想だけは抱かせないで」

クラリスは髪をくるくると指でいじりながらそう言う。

まったく、クラリスらしい感想だな。

俺は思わず笑う。

「ははっ！　任せとけよ。お前らが負けた分まできっちりかましてくるさ」

「一言余計！」

◇　◇　◇

「さすがに多いな。何人いるんだ？」

俺は日差しを遮るように手を額に当てながら、ぐるっと会場を見渡す。

準決勝までもかなりの人の数だったが、さすが決勝戦というだけあり、この決勝が始まるというタイミングで観客席に押し寄せる人の数は明らかに膨れ上がっていた。

会場を包み込む熱気。

高揚する観客。

注がれる熱い視線。

これがレグラス魔術学院の注目度……さすがエリート魔術学校と言われるだけはある。

こんな大勢に囲まれる経験なんてあるわけもなく（モンスターならいざ知らず）、なんだか壮観な光景に俺は思わずぐるりと辺りを見回す。

新入生といえど、そのトップともなればいろんな方面から注目を浴びるわけだ。

昨日今日の戦績いかんでは、どこからか声をかけられてもおかしくないんだろうな。

だから、みんなこの歓迎際にかける思いは強い。いくらレグラス魔術学院がエリート学院だからといって、そういう機会がそう何度もあるわけではない。

みんなここで力を出し切ろうとしている。もちろん、これからも学ぶ立場であるのが学生なのだが、それでもこの時点である程度の才能というものは見ることができる。

評価する側も、なるべく早めに唾をつけておきたいというわけだ。

と、そんなことを考えながらぼんやりしていると、不意に俺の真後ろから驚異的なプレッシャーを感じる。

俺はぞわっと悪寒に震え――。

「その通りだ!!　ノア・アクライト!!」

「！」

鼓膜が張り裂けそうなほどの大声に、俺は慌てて両耳を押さえる。

突然の大声。一人で十人分くらいの声量で、その場の周囲の音を掻き消す。

俺は目を細めながら後ろを振り返る。

そこに立っていたのは、胸をはだけさせ、癖っ毛の髪から鋭い眼光を覗かせる大男。

そう――ベンジャミン・ドマだ。

仁王立ちをし、どっしりと構えるその風体は、ほんの少し年上なだけとは思えない。

「……は？」

突然現れたと思ったら、その通りだ？

なんだそれ、独り言か？

俺の疑問に答えるように、ドマは続ける。

「この熱気……レグラス魔術学院だからこそと言えるだろう。観客に呆気に取られるのも無理はない。そして、上の連中は俺たちを見て値踏みをする。ゆくゆくはこの国を背負って立つ存在だからな」

そう言って、ドマは満足げにどや顔をする。

何となく俺が考えていたことを見透かすように、ドマはそう言葉を発する。

心読んだんですかねこの人は。

「そうっすか」

俺はため息交じりに空返事をする。

何となく真面目に反応してはいけないような気がしてしまうのは何故だろうか。

なんだか慣れない空気に俺は軽くため息を漏らす。

「俺の時もそうだった」

しかし、そんな俺の態度などお構いなしに、ドマは自分の世界に入る。

ドマは目を細め、遠くの空を見つめる。

そして、俺の横に立つ。

「魔術師にとって年齢はさほど関係ない。受け継がれた魔術、才能、センス……悲しいことに、これらはみな同じところに集まる。そうして生み出されるのは傑出した怪物……それは年齢に関係なく幼い頃から頭角を現す」

つまり、幼い頃から一目置かれる人間は存在するということか。

「今回のリオ・ファダラスがいい例だ」

「リオ・ファダラス」

誰もが多少は迷いはするが、彼女こそが新入生で一番の魔術師だと最終的に結論づける。

いつになく真面目トーンなドマの言葉に、俺は耳を傾ける。

あのドマすら認める少女か、リオ・ファダラス。

「――だが」

そう切り出し、ドマは俺の方を見る。

「だが、お前は別だ、ノア・アクライト」

「俺っすか」

ドマは頷く。

「突如として現れた新星。この俺を認めさせる魔術の実力。魔術一つ一つに垣間見える積まれた研鑽と深い歴史。こんな存在が、学院に入学するまで無名とは面白いこともあるものだ」

そう言い、ドマはニヤッと笑い俺の肩に手を乗せる。

「だがそれも今日までだろう。今日を皮切りに、お前の名は魔術界に広く知れ渡ることになる。少し残念だがな。相手は神童、相手にとって不足はない——そうだろ？」

ドマはニヤリと口角を上げ、トントンと自分の胸を叩き、俺に拳を近づけてくる。

激励……なのだろうか。それとも、ただの世間話だろうか。

だが少なくとも、それは俺に向けられたものであることには変わりない。

俺は、その拳に自分の拳を合わせる。

「当然っすよ。そんなこと言いに来たんすか、ドマ先輩」

「がっはっは！　自分の時の歓迎祭を思い出してな。これは俺からのエールというやつだ。ただ強いというのはそれだけでは意味を成さん。勝利という強烈な光によってそれは初めて意味を持つ。——楽しみにしているぞノア・アクライト。お前は俺が倒すべき相手だ」

そう言い、ドマは高笑いしながら去っていった。

それに合わせるように、少し離れていた周りの観客たちが戻ってくる。

どうやらドマの圧に気おされてその場から離れていたらしい。

「やれやれ……騒がしい人だぜ、まったく」

だが、意外と嫌いではない。

勝利によって意味を持つ……か。

確かに、その心は大切かもな。

「仕方ない、その期待に応えるとしますか」

もとよりそのつもりだがな。俺はこの学院で暴れるために来たんだ。シェーラの課題として、対人戦を極めるために。

まずはここで俺という存在を世に知らしめる。

ただ少し。

ほんの少しだけ。

俺に期待してくれる奴らの分くらいは、そこに上乗せしてやるか。

そんな気持ちでいた。

今までのような、ただ強い敵を殺すだけの戦いではない。

アイリス、アーサー、ニーナ、クラリス、ドマ先輩……。

自分のためだけじゃない戦い。ただ、己の生存と存在を掛けた戦いでもない。

期待を一身に背負い、一人の魔術師として力を証明する戦いだ。

最強だと知りつつも、誰かの期待を背負う。

その悪くない重みに、俺は俄然やる気を増す。

――さあ、名もなき学生は今日で終わりだ。

「最強を始めようか」

◇　◇　◇

「ノア〜〜〜！！！　がんばれえええ!!　ノアなら勝てるわよ!!　見せつけちゃいなさい!!」

「ア、アイリス様！　はしたないから身を乗り出すのをおやめください!!」

観客席の柵を乗り越えそうな勢いで、アイリスが全力で手を振っているのが見える。

その身体を、侍女のエルが必死で押さえ込んでいる。

それが気に食わないのか、アイリスは険しい顔でエルを睨む。

「さっきは良かったじゃない！　何で駄目なの！」

「やっぱり私が怒られるんですよおおお！　クビになっちゃいますって!!」

普段のアイリスからは想像のつかないはしゃぎように周りの関係者たちは困惑しつつも、どこか微笑ましそうにそれを見守っている。

これが初めて見る年相応の姿なのだろう。

わーわーとしばらく騒がしいやり取りを繰り返した後、やっとのことでアイリスは渋々柵から離れる。

少し静かになったアイリスは、改めてじっと俺の方を見つめる。

やれやれ、やっぱりまだまだ子供だな。

俺はそれに応えるように、静かに片手を上げる。

「キシシ、お熱だねえ皇女様。これは倒しがいがある」

目の前の少女――リオ・ファダラスは楽しそうに口角を吊り上げる。

ドマも認める、天才少女、神童か。

「ふん、そんなんじゃねえよ」

「キシシ」

リオ・ファダラスは楽しそうに笑う。

「君の戦いは見てたよ」

「そうかよ」

「いい雷魔術だね。他の雑魚じゃ勝てないのも無理ないよ」

「ま、最強だからな、俺は」

リオの顔が、僅かににやける。

「最強……？　強者であっても、最をつけるのは違うんじゃないかなあ、ノア・アクライト。最強の名は一番強い人に与えられるんだよ」

知ってた？　と言いたげにリオはへへんと胸を張る。

「俺じゃないとすると、じゃあ誰に相応しいって？」

「キシシ……！　か弱い女の子は仮の姿さ」

リオはバッとツインテールを翻す。

誰もか弱いとは思ってなさそうだが……黙っておくか。

「本当の僕は何を隠そう魔術の申し子！　――つまり、最強はこの僕だ!!」

完璧などや顔で、リオ・ファダラスはそう宣言する。

準決勝まで見てきたリオとは違うらしい。どうやら、最初からフルスロットルのようだ。

アドレナリン全開ってわけか。

だが、リオ・ファダラスの言うことにも一理ある。

戦いに勝利し、最後その場に立っていた者。その者にこそ最強という称号が与えられるのだ。

「ま、確かに勝った方が最強なのは違いねえな」

「その通り。どっちみち君は僕が認めた男だ。楽しみにしてたよ」

「それは光栄だね」

リオはうんうんと頷く。

思っていた以上に子供っぽいな、リオ・ファダラス。

その強さ故に、あまり苦労してこなかったタイプか。

「どれだけ強いか、俺が確かめてやるよ。本当に神童かな」

「ふふ、面白いね、君。――僕の魔術は重力魔術だ」

「？　知ってるけど」

俺のツッコミもお構いなしにリオは続ける。

「これは一歩間違えれば相手を簡単に殺せる魔術でさ。僕も随分加減を強いられたよ」

「！　なるほどな。てことは――」

リオは楽しそうにパチンと指を鳴らす。

「その通り！　君なら、僕の全力に応えてくれるんだろ？　ノア・アクライト」

そこで初めて、リオの顔が無邪気な笑顔から、邪悪な笑みへと変わる。

それはまるで、初めて獲物を前にしたモンスターのようで、今まで俺が戦ってきたものたちを連想させる。

今日この闘いが、彼女にとって初めての全力というわけだ。

「僕のフルパワーでも、君は簡単に壊れないでしょ？　キシシシシ……今からうずうずしてるよ。この力を全力で解放できる日が来るなんて‼　今日はなんていい日なんだ！」

リオはツインテールを振り乱し、今にも飛びかかってきそうになりながら必死に自分を抑えている。

その目は、戦いに飢えていた。

歯を食いしばりながらも、今にも鎖から解き放たれようとしている。

「はは、いいねえ……！　お前の全力とやらを見せてみろよ。俺はそれを完璧に叩き潰した上で、新入生の頂点に立つ。完璧な勝利ってやつを味わってやるさ」

そう言い切り、俺はクイクイっとリオを手招きする。

「かかってこいよ、神童！　初めての土の味を教えてやる」

「死んでも文句は聞かないからね……ノア……アクライト‼」

『決勝戦――開始!!』


開始の鐘が鳴る。

とうとう、最後の戦いが始まる。

状況を整理しよう。

リオ・ファダラスは重力魔術使いだ。

判明している魔術は、〝グラビティ・ボール〟、〝グラビティ・レイ〟、それに浮遊と引き寄せ。

攻撃手段としてはグラビティ系統の魔術で叩き潰すか、引き寄せた相手をそのまま殴り飛ばすか。

見えない重力圏による攻防一体の攻撃、浮遊による回避、引き寄せにより間合いを自在に操る……これだけ要素を並べれば、いかに汎用性の高い魔術系統かわかる。

となれば、いくら俺の魔術の火力が高いからといって後手に回れば少し厄介か。だったら――。


「――先手必勝！」

俺はすぐさまリオに狙いを定める。

「早打ち勝負か？　かかってこい!!」

目をギンギンに開いたリオは、すぐさま手を上げ、魔術の発動に移る。

「〝グラビ――」「〝スパーク〟」

リオの魔術の発動よりも早く、俺の紫電はリオへと向かい地面を走る。

「!!」

リオは魔術が間に合わないと判断したのか、咄嗟に魔術の発動をキャンセルし防御の姿勢を取る。

「この程度の魔術直接受けても――――ッ!?」

リオは俺のスパークを眼前に迎えたところで、顔をしかめると防御姿勢を解除して勢いよく横に落ちていく。

奇妙だが、そう表現するしかない現象だ。

ドシンと激しい音を立て、リオは地面に着陸する。

「は……ははは！」

俺の紫電はリオがさっきまでいた地面を削り取り、もくもくと黒い煙を上げる。

リオは、距離にして十メートル近くも横に退避した。

今のは……引き寄せか？

自分の身体を遠方の地面に引き寄せたというわけか。

俺の紫電をあの至近距離から回避できるとは、なかなかの反応速度だ。

ただ攻めれば倒せるというものでもなさそうか。

「〝スパーク〟……あの速攻魔術がこんな威力なんて……。予想以上だよ」

「いやいや、あんたもなかなかやるじゃん。良い逃げだった」

「逃げ……？」

リオは一瞬顔に怒りを滲ませるが、すぐさま笑みを浮かべる。

「……そうかもね。僕を逃げさせるなんてとんでもない魔術だよ。遠くから見てるのと実際受けるのとじゃ違うってわけね」

リオはぶつぶつと何かを考え始める。

思っていたより冷静だな。

プライドが高いタイプかと思ったが、そうでもないらしい。まあそうでもないとここまで強くはなれないか。

「面白くなってきた……！　どんどんきな、ノア・アクライト！　僕の重力で叩き潰してやる！」

そこからは、観客の誰もが予想しなかった展開が繰り広げられた。

〝スパーク〟と〝サンダーボルト〟。

この二つの魔術を繰り出し、速度で翻弄することで、リオに魔術を発動する隙を与えない。

リオが攻撃しようと構えても、すぐさま雷が襲い掛かる。

それを避けても、避けた先に。

走って移動しても、俺の魔術の初速がリオの魔術を上回っている限り、延々とリオは後手に回る。

思うように魔術が出せず、苛立たしげに表情を歪ませるリオを見て、観客たちは驚きを隠せなかった。

あの不遜にして不敵なリオ・ファダラスが、初めて苦虫を噛み潰したような顔をしていると。

「くっそ……いい加減……――うざったい!!」

リオの引き寄せが発動する。

なりふり構わない、全方位への魔術発動。

ペース配分や作戦を投げ捨てた、感情任せの魔術だ。

俺の身体が、一気にリオの方へと引き寄せられる。

その引力は今までの比ではない。まるで高いところから地面に落下するかのように、物凄い勢いでリオの目の前まで引き寄せられる。

「キシシ！　この距離ならいくらその雷が速くても――」

「〝雷刀〟」

雷を象った刀をすぐさま生成し、居合のごとく振りぬく。

「ぐっ!!」

すぐさま繰り出される俺の一振りを、リオは間一髪避ける。

掠った刃が、リオの髪を僅かに散らす。

この近距離では、リオ自身も重力魔術を操れない。なぜなら自分も巻き込む可能性が高いからだ。

「得意の近接戦闘に持ち込もうとしたんだろうが、悪いな、そっちも俺の得意分野だ」

リオは慌てて俺を重力魔術で突き放す。

お互いの距離はまた振出しに戻る。

「はあはあ…………厄介……！」

リオの顔に苦悶の表情が浮かぶ。

離れても近づいても駄目なら、もう打つ手はない。

「もうないなら、遠慮なくいかせてもらうぜ」

そうして俺の一方的な攻めは続く。

本来、リオの重力魔術は相手を完封する類のものだ。

重力にて相手の動きを完全に封じ、操り、一方的な展開を作り出すのがリオ必勝の戦い方だった。

だが、それは今までの相手に対して、リオが常に一枚上手だったからできた戦い方だ。

しかし、リオと俺、今回ばかりはその差が完全に逆転していた。

ほんの少し格上程度なら関係ないだろうが、リオにとって俺は圧倒的な強者だ。

重力による攻撃が当たらないのなら、なすすべはない。

そういった、今まで有り得なかった現実。それが今、リオ・ファダラスを襲っていた。

リオと俺は似ている。

確かに俺は対人戦の経験はあまりない。対して、リオは沢山の対人戦を今まで経験してきたはずだ。

だが、それらはすべて、自分が強者の立場からの一方的なものに過ぎなかったはずだ。

だからこそ、リオの戦い方は単純明快で単調。まるでモンスターを相手にしているような戦い方だ。

それもそのはず、リオにとって常に相手は自分より格下だったのだろう。

策など弄する必要はなく、ただ自分の魔術で思ったように戦えばいいだけだったのだから。

そういった意味で、俺とリオは互いに本当の対人戦というものを経験していない似た者同士というわけだ。

つまり、ここで俺とリオの間に発生する差は、完全に俺とリオの魔術の力の差なのだ。

「しつこい……しつこいしつこいしつこいしつこい!!」

俺の放つ雷を、リオは鬼の形相ですんでのところで躱していく。

しかし、それはこれまでのように余裕の笑みを浮かべ、「キシシ」と笑い声を上げる感じではなく、必死の形相でギリギリを潜り抜けるような、そんな動きだった。

重力魔術による〝落下〟と、浮遊による回避。

〝グラビティ・ボール〟による俺の攻撃の軌道逸らし。

紙一重で避け続ける防戦一方の戦い。

「はああ！！！」

完全に崩れた体勢から、小さな黒い球状の塊が、五つ放たれる。

球同士はお互いに引かれあい、反発しあい、球の間の空間が歪む。

触れれば、一気に身体を持っていかれる。

しかも、その速度は巨大な重力球であるグラビティ・ボールの比ではない。

質量を小さくしているせいか、まるで矢のような速度で球は俺を襲う。

だが。

「雷の速さに勝てるわけねえだろ」

瞬時の〝フラッシュ〟で、あっという間に距離を離す。

「!!」

そして、体勢の崩れているリオに追撃の一手を加える。

容赦なしの、全力のスパーク。

「ちっ！」

自分の身体を強引に引き寄せ、何とか命からがら逃げのびるリオ。

その姿からは、もはや王者の風格は感じられない。

その光景に、会場は驚きに包まれていた。

あのリオ・ファダラスが、完全に後手に回り、遊ばれていると。

「おいおい、誰がこんなの想像してた……!?」

「リオ・ファダラスが後手に回ってる!?　そこまでの差が!?」

「ノア・アクライトか……噂では聞いていたが本物か」

「これが皇女様のお気に入り……」

様々な驚嘆の声が観客席から聞こえてくる。

特に今日初めて見に来た奴らは顕著だ。

この一方的な戦いは、魔術師たちの常識を覆すのに十分すぎるものだった。

ただ、一方的に見える戦いだが、〝スパーク〟や、〝サンダーボルト〟で仕留め切れていないのも事実だった。

リオは小癪にも、その重力魔術と持ち前の身体能力で、致命的な一撃だけは避け切っていた。

魔術師としての力量だけで見れば、今まで戦った相手の中ではトップレベルの実力者であることは間違いない。前評判が高いのも頷ける。

だが、そろそろ頃合いだ。リオの手の内も見えてきた。

油断大敵。まずはしっかりと相手の情報を集めるのが俺のやり方だ。

その情報収集もあらかた終わった。そろそろ、引導を――。

「――キシシ……！」

不意に、リオは不敵な笑い声を上げる。

「あぁ、これが……戦い！　初めての感覚だよ……！」

リオは、はぁはぁと肩で息をしながら、久しぶりに笑みを浮かべる。

「楽しそうだな」

「もちろん！　……これが、命！」

恍惚とした表情で、リオは生に感謝する。

「君の実力は……規格外だよ、ノア・アクライト」

「お前もな。ここまでとは予想外だったさ」

リオはふんと鼻を鳴らす。

「そりゃあどうも。お前くらいだよ、僕をこんなにまでしちゃう奴は。だから……」

そう言い、リオはツインテールを結んでいた紐をほどく。

バサッと広がる長い髪が、美しい弧を描く。

「そろそろ、かな。ここからは、未知の領域だ。僕も、本能剥き出しで……リミッターは解除させてもらうさ……！」

瞬間、リオの周囲の空間が僅かに歪む。

解けた髪がフワッと宙に舞い、まるでリオの周りだけ空間がねじ曲がったかのような、そんな光景。

俺は瞬時に理解する。ああ、ここからが、リオ・ファダラスの、本当の本気だと。

「こっからが本気ってわけね。いいぜ、かかってこいよ。それでこそ決勝戦だ」

「もう……何がどうなっても知らないよ……!!」

一気に膨れ上がる、リオの周りの魔力。

「僕も初めてだよ、百パーセントは!!」

魔力総量はニーナと同等かそれ以上……いや、魔力総量というよりもこれは放出量が桁外れだ。

外に向けて放つ魔力の量が尋常ではない。

空間が歪むほどの魔力密度だ、相当な力を持っているのがわかる。

その魔力の波動が、こちらまでビリビリと伝わってくる。

確かに驚異的な魔力量だ。

「だけどよ、今までと同じじゃ俺には勝てないぜ？」

「本能で戦うって……言ってんだろうがっ!!」

瞬間、地面が地震のように揺れる。

身体が振動し、地面がひび割れる。

なんだ……攻撃？　いや違う、これは——。

「うおあああああ!!」

リオの金髪が、重力に逆らい逆巻く。

リオの周りの重力が乱れていく。

小石が宙に浮き、縦横無尽に動き回る。

すると、次々と地面のひび割れが増えていき、割れた地面の欠片がさらに宙に舞っていく。

何もかも、無差別に。

「はあああ!!」

「凄いな、これが重力魔術――」

景色が、一変する。

地面を破壊し、空中に浮いた岩石。

それは会場中に浮遊し、視界を遮って埋め尽くしていく。

まるでここが宇宙かのように、岩がふわふわと漂う。

さらに、リオの姿を完璧に隠すように、地面が壁のように迫り上がっていく。

これは、フィールドを改変するほどの、超広範囲を対象とした重力魔術！

それにより、会場が一気にリオのものへと変化する。

俺のところまで範囲が届いていないところを見ると、リオの魔術の射程はせいぜい三十～四十メートルといったところか。

俺の攻撃をこのまま避け続けるのは得策じゃないと判断したか。

広範囲に及ぶ可動式の遮蔽物。

それと同時にそれらは攻撃にも使える。

つまり、俺自身が動かざるを得ない状況へと追い込んだわけか。確かにこれなら壁の裏にいてもわからないし、重力魔術で浮遊していれば、宙に浮く岩石によって姿を隠せる。

俺が攻撃しようとしても、破壊できるのは表面上の岩石や壁だけで、リオには届かない。

そうして俺の攻撃が不発に終われば、いままでなかった俺の隙が生まれるというわけか。

考えたな。環境を自分の有利なものにする。それも対人戦の醍醐味か。

今までモンスターとは相手のホームで戦ってきた。人間は考える生き物だ。これはその顕著な例といえるだろう。予選だと、アーサーも氷でフィールドを作り上げてたっけか。

「いいね、さすが期待されるだけはあるか」

観客たちも、その荘厳な光景に圧倒され、どよめく。

今日一番の大技に、興奮が伝わってくる。

けど、俺には効かねえけどな。

俺は手を上空に掲げる。

「――〝サンダーボルト〟」

瞬間、俺の頭上に現れた魔法陣から、バチバチと雷鳴が届く。

そして、そこから四方に放たれた何本もの稲妻は、それぞれが物凄い速度と威力で岩石へと落ち、それを粉々に砕いていく。

「！」

まさに、雷だ。

相手の場所がわからず、攻撃する隙間もないなら、フィールドごと壊せばいい。

サンダーボルトなら、無差別で周囲を破壊する。

さあどこにいる……？

と、次の瞬間。リオの魔力の増加反応を感じ取る。

今までより禍々しい、混沌とした魔力。

恐らく、奥の手中の奥の手!!

死角からもろに受ければ俺でも対象のダメージは通るか……！

だったら――その魔術の発動前に打つ！

魔力の出所がわかれば、遮蔽物なんて関係ねえ。

「〝ライトニング〟！」

閃光が弾け、稲妻が走る。

何回も屈折し、稲妻は俺の手の動きに合わせて障害物を縫うようにしてすり抜けていく。

リオの居場所は、右前方、大きめの岩石の裏側!!

激しい雷鳴と光を放ち、ライトニングは岩石の裏で弾ける。

破裂音の後、黒い煙がもくもくと立ち昇る。

――が、しかし。

叫び声どころか声すら漏れ聞こえない。

なんだ？　手応えがない。フェイクか……？

と、一瞬俺が気を緩めた隙をリオは見逃さなかった。

立ち昇る煙。浮遊し動いた岩石の裏から、俺のライトニングを根性だけで耐え抜いたリオの姿が現れる。

「避けるじゃなく、耐える……！　おいおい、おもしれえことするじゃねえか！」

俺は思わず口元が緩む。

俺のライトニングを敢えて受けて、防御を捨てることで魔術の発動時間を得た！

普通なら考え付かない諸刃の剣。なんなら耐えられるわけがないのだ。

だが、リオ・ファダラスはやってのけた。これこそ、俺が求めていた対人戦だ。

「この一瞬があれば僕には十分だ!!」

一気に空気が重々しくなり、上空には多重の魔法陣が出現する。

それは荘厳な光景だった。

その幾重にも折り重なる万能の円陣は、人一人、個人の存在を抹消するのは造作もないほどの密度と圧を内包していた。

これが、リオ・ファダラスの全力。周りを気にしない、最強の一手。

奴は、俺を殺す気だ。これが奴の本気、奴の本能を剥きだした殺すことを厭わない全力の魔術。

俺はまた、思わず笑う。


いいね、そういうのを待ってたぜ。

腰を落とし、構えを取る。

「さあ、こいよ、リオ・ファダラス！　その全力、俺が正面から受け止めてやる！」

「余裕ぶってんじゃ………ねぇえ！！！　これが僕の……最大最強――奥義だっ!!」

リオが上空に向けて上げていた手を、一気に降ろす。

「！　上か！」

遥か上空。

空の彼方。

赤く輝く閃光が、一筋の線を描き降り注ぐ。

それは彗星のように後ろに尾を引き、美しいフォルムで一直線に闘技台を目指す。


「極大重力魔術――――〝超高高度落下《メテオダイブ》〟」


そう、リオ・ファダラスが宣言したと同時に、地面に影が落ちているのに気が付く。

見上げると、そこにあるのは、黒い太陽だった。

「何だ……あれ？」

「え……いつからあったの……？」

ざわざわと、会場に不穏な空気が流れる。

得体のしれない物体に、不安が募っていく。

謎の黒球。さっきまでのグラビティ・ボールとは雰囲気が違う。

俺は地上から舞い上がっていく岩石や砂、小石を見て気が付く。

「……なるほどな」

さっき俺から遮蔽するために浮かせていた岩石……その一部が遥か上空で一か所にまとまっ

ていく。

あれは、重力によりまとめ上げられた、リオによる隕石……！

「超高高度からの……か！」

超高高度から放たれる、隕石のようなインパクト。

岩石を浮遊させていた重力魔術が、俺を射程外としていたのは、遥か上空まで範囲が及んでいることを悟らせないためのブラフか。

やるじゃねえか。だが――この威力だと……。

俺はちらっと会場を見る。

「これでもくらえ、バーカ！」

そう啖呵を切ったリオから、そのまま力が抜けていき、へたりと地面に座り込む。

へとへとな表情で、満足げに笑っている。

「もう……指一本動かせないよ……けど、あのメテオがお前を粉々にする……もう僕にも止められない……！」

「おいおいおい……」

ということは、あのメテオは――。

「「!?」」

瞬間、会場の全員が目を見開く。

空の黒い球体――隕石が、徐々に大きくなり始めていた。

それは物体が巨大になったのではなく、落下を始めたのだと全員が悟った。

空に浮かぶ隕石は、まるで幻想的な彗星のように尾を引き、猛スピードで落下を開始した。

幻想的な光景が、一気に地獄へと様変わりする。

「おい……あれまさか、俺たちごと……⁉」

「おいおいおい、これ食らったら……死ぬぞ‼」

「きゃああああ‼」

「に、逃げろ‼　巻き添えを食らう‼」

「何てことしてくれてんだリオ・ファダラス‼」

会場は一気にパニック状態に陥った。

あんなもの止められるわけがない。

我先に会場から抜け出そうと、観客たちが慌てふためく。

その魔術は、見るからに会場すべてを破壊しきるだけの力を持っているように見えた。

なにより、その魔術を発動したのはあのリオ・ファダラスなのだ。それだけで、命の危機を感じても何ら不思議ではない。

迫りくる隕石を背に、我先にと観客たちが逃げ出していく。

その阿鼻叫喚の悲鳴を切り裂くように、ひときわ清涼感のある透き通る声が会場に響き渡る。

「――――止まれえええ！！」

瞬間、あれだけ騒がしかった会場が、一瞬だけシンと静まり返る。

その声を聞き、誰もが慌てることを忘れ、その声の主を振り返った。

恐怖が薄れ、ただただその声に意識が持っていかれる。

「慌てないで、みんな」

その声の主は――アイリス・ラグザール。

氷雪姫《レヴェルタリア》と呼ばれる、絶世の美少女だ。

アイリスは精一杯に声を張る。

「どっしりと構えてなさい！　ここで戦っている人は、誰だと思ってるの！」

アイリスの声は力強い。

揺ぎない信頼、希望。確信に満ち溢れた声は、人々の耳に自然と入っていく。

完全な贔屓。一方に偏った、独りよがりの発言。

しかし、不思議と誰もがその言葉に揺れる。

「私を救った男、ノア・アクライトよ!!　最強の彼が、これくらい止められないわけないでしょ!!　そうよね、ノア!!」

アイリスは柵から身を乗り出し、満面の笑みで俺に問う。

会場の人々も、自然と俺の方を見る。

どうやらもう、アイリスは随分立派な皇女様のようだ。これだけの人々を動かすことができる天性のカリスマ。

じゃあ、頑張ってるアイリスのためにも、期待に応えるしかねえな。

俺はゆっくりと腕を上げ、降り注ぐメテオに手をかざす。

「任せとけよ、アイリス。皇女様のご要望とあらば、あの石ころくらい吹っ飛ばしてやるよ。

静かに座って俺の魔術を見てな」

俺の言葉に、アイリスは満面の笑みを浮かべる。

「任せた！」

俺は体内の魔力を練り上げる。

強く、強く。

確かにこのリオの魔術は学生にしては規格外だ。

これだけの攻撃力は、魔物でも稀だ。

だが、その程度だ。ドラゴンを何匹も狩ってきた俺の相手じゃない。

黒雷では範囲が狭すぎて、あの大きさを破壊しても散らばった破片で被害が出てしまう。

ならば、広範囲魔術で散らばった岩石すらまとめて一掃するしかない。

俺は掲げた手の前に魔法陣を展開する。

多重魔法陣が、迫るメテオに向けて次々と連なっていく。

「いけえええ、ノアあああ!!」

――詠唱破棄。

多重魔法陣最終四層省略。

既に準備万端で俺の魔力装填だけを待つ魔法陣が、今か今かと脈動する。

そして、まるで液体を吸い上げるスポイトのように、乾いた土が水を吸うように、俺の身体から一気に練り上げた魔力を吸い上げていく。

魔力で肥大化し、満たされた魔法陣は、ただ俺の意思に従い目の前の隕石を破壊する魔術を放つ。


「――〝裂雷《さくいかづち》〟」


眩しいほどの白。一瞬の閃光が、視界を奪う。

遅れて――雷鳴。

「――ッ!!」

多重魔法陣から放たれた稲妻は天高く放たれると、上空に核を作り出す。

核に内包された雷が、まるで生き物のように脈動する。

そして、迫りくるメテオの脅威に反応するかのように、その核から一斉に無数の稲妻が放電する。

それはまさに、稲妻の雨、稲妻の嵐だ。

雷は核を中心に範囲内を縦横無尽に走り回り、その範囲内の異物を悉く破壊する。

空に展開されるのは、俺の雷の領域。

メテオは何度も稲妻の直撃を食らい、粉々に砕けどんどんと小さくなっていく。

小さくなった岩石も放たれる無数の稲妻が跡形もなく破壊していく。

その光景は、幻想的だった。空で繰り広げられる、雷のパレード。

「な、なんという……」

「おぉ……」

「これは……天災――」

見た者すべてが、その光景に唖然とする。

規格外――リオ・ファダラスをそう評価した魔術師は多くいた。

しかし、本物がここにいたのかと、誰もがそう思った。

「あぁ……」

力なく空を見上げるリオは、声にならない声を上げる。

超高高度から降り注ぐ岩石は、裂雷の範囲内に入ると瞬時に落雷を受け、粉々に砕け散る。

それはまさにフルオートの迎撃システム。

ものの数十秒で、さっきまで空にあった脅威の姿は綺麗さっぱりと消えた。

残されたのは静寂だけだった。

「うし、これでしまいと」

俺は軽く肩を回し、座り込むリオに歩み寄る。

「周りを巻き込んででも殺し切ると判断したのはいい判断だったな。そこまでしないと俺は倒せねえからな」

「…………」

悔しそうにリオは歯を食いしばる。

しかし、力は抜け動けない。

「けどよ、最後の最後、策を捨てて威力だけに走ったのは愚策だったな」

「何……？」

リオは不機嫌そうに聞き返す。

「俺は最強だぜ？　真っ向勝負なら負けるわけがねえ。勝機があるとすれば、策を弄する方だったってことだ。捨てるんじゃなかったな」

俺の言葉に、リオは一瞬唖然とした表情をして、すぐさまキシシと笑う。

「……あーあ、何も言い返せない」

そう言うと、リオは満足げに目を瞑り、そして仰向けに倒れこむ。

大きく息を吸い、何か少しスッキリしたような顔で言う。

「全部出し切ったよ……僕の負けだ」

その発言を聞いて、司会が声を上げる。

『長きにわたった本年度の歓迎祭！！！　白熱した決勝！　その勝者であり、優勝者は――――』

僅かな溜め。息を吸い込み、そして、大きな声で名前を叫ぶ。

『――ノア・アクライト！！！』

瞬間、吹き荒れる紙吹雪に、奏でられる楽器の演奏。

「うおおおおお!!」

「ノア・アクライトが勝ったあああぁ！」

「おめでとう!!」

鳴り響く歓声と拍手が、優勝者である俺を祝福する。

戦いの後の余韻。観客から向けられるそのポジティブな声援。

今までのような、モンスターを討伐するという血生臭い戦いではなく、お互いのプライドをかけた戦い。

しかしこの歓迎祭、その結末は、何ともすがすがしかった。

俺は大きく息を吸い込み、空を見上げる。

そして、今までとは違う味わいを感じる。命のやり取りだけではない、それとはまた違った爽快感を。

「おお……これが……」

勝利の味――。

俺は対人戦というものを、今初めて実感していた。

これが、俺にシェーラが経験させたかったものか。

とその時、後方から駆け寄る足音。

それに対して振り返った瞬間。

「ノアあああ！！！」

「うおっ！」

目を輝かせて駆け寄ってきたアイリスが、俺の胸に飛び込んでくる。

小さい身体で俺にしがみつき、興奮した様子でバッと顔を見上げる。

「さすがノア!!　ノアが優勝よ!!　私信じてた！」

アイリスは嬉しそうにぽかぽかと俺の胸を叩き、笑う。

「はは、サンキューな」

「凄い凄い！」

俺はそっとアイリスの頭を撫でる。

すると遠くから、ニーナとアーサーが、興奮した様子で手を振りながらこちらへ駆けてくるのが目に入る。

それに気付き、アイリスはそっと俺から離れる。

「やったね、ノア君！」

必死で走ってきたのだろう、額に汗が滲み、ぺたりとその綺麗な赤髪が張り付いている。

「おう、サンキューな」

「信じてたよ、私は」

ニーナはニッコリと満面の笑みを浮かべて俺を見上げる。

「期待に応えねえとな」

「へへ」

そして今度は、不意に後ろからガバッと抱き着かれる。

「うおっ」

「やったじゃねえか、ノア！　俺も信じてたぜ！」

これまた満面の笑みのアーサーが、自分のことのようにはしゃいでいる。

「最強だからな俺は」

「よく言うぜ！　だが、今それを否定するやつはいねえよ！」

言いながら、アーサーが「ん」と差し出す拳に、俺はそっと自分の拳を合わせる。

「まあ、今だけは認めるわ」

「クラリス」

クラリスは腕を組み、ため息交じりにそう言う。

「おいおい、クラリス。わざわざ俺たちと一緒にここまで走ってきておいて言うことがそれかよ」

ニヤニヤしながら言うアーサーに、クラリスは反論する。

「ば、ばかね、連れてこられたの間違いでしょ！　私が進んでお祝いに来るわけないじゃない！」

クラリスは眉間に皺を寄せ、アーサーを睨む。

「へへ、へいへい、そうだったな」

「ふん！」

クラリスは恥ずかしそうに顔を背ける。

仲がいいな、まったく。

「クラリスもありがとな」

クラリスは改めて俺を見ると、その表情をきっと険しくする。

「いい？　一番なのは今だけよ。すぐに追い抜くから覚悟しておくことね。ただ、今はその……おめでとうと言っておくわ」

「ああ、いつでも相手してやるぜ」

周囲からは、祝福の拍手。そして、歓声。

一つの生命体のように波打つ観客は、その雰囲気に酔いしれていた。

これが、大陸一の魔術学院——レグラス魔術学院の歓迎祭。

僅かな疲労感と達成感。俺は祭りの中心で、確かにそれを感じていた。

そうして、割れんばかりの歓声は、それからしばらく続いた。

エピローグ

優勝の余韻もまだ残る頃。

周囲の反応は様々だった。

根強いアイリスファンからのブーイングや、冷静になったアーサーからの嫉妬の眼差し、そして最後凄かった！　といういつの間にかできた俺のファンからの歓声。

あそこまで注目を浴びたことは今までなかった。

今までは名前を隠しての冒険者生活だったが、今ではこうして堂々と姿を現してその力を遠慮なく発揮し、そして祝福を受けている。

これまでの在り方との違いに戸惑いこそあれど、これはこれで悪くないと我ながら思う。

試合の後、俺はユガ学院長から直々に勲章を貰った。

歓迎祭優勝者のみに贈られる勲章だ。

俺の制服の胸元には、きらりと輝くバッチが追加された。

そして、歓迎祭の最後に行われる恒例イベントである、二年生との歓迎試合。

試合数の多い決勝組である俺とリオ・ファダラスの参戦はなく、二人を除いた計六名が、二年生との歓迎試合に臨むことになった。

二年生の代表者たちと、ニーナたちの戦い。

所詮歓迎試合のため、ある程度の花は持たせてくれるようで、上級生たちも本気ではなく、奥の手は隠しているようだった。

それでも、一筋縄ではいかない試合が続く。

これも人気の催しであるため、観客の多くが決勝戦から継続して観戦していた。

そんな歓迎試合も順調に進み、今は三番目のレオが戦っているらしい。

なぜ、「らしい」なのか。その理由は、今の俺の状況にあった。

「何で俺が……」

外の賑やかな喧噪の中、俺は医務室でベッドに横になっていた。

「だめだよノア君！」

俺の呟きに、ニーナは少しむっとした顔で前のめりに詰め寄る。

その顔には、でかでかと「義務感」という言葉が書いてあった。

「あれだけ凄い威力の魔術を使ったんだから、ちゃんと休んでから戻らないと！　先生も一応安静にしてから戻れって言ってたでしょ？」

と、ニーナはまるで保護者のようなことを言いながら、頬を膨らませる。

「つってもなあ。別にダメージがある訳でもないし、それにそこまで疲れてねえし。休む必要があるほどじゃないと思うんだが……」

「へえ、アイリス様に抱き着かれて、疲れも吹っ飛んだんですか？」

「えっ」

ひやりと、俺の背筋が凍り付く。

ニーナの今までに聞いたこともないほど冷たい口調に、俺は一瞬びくんと身体を震わせる。

なんて冷たい声と目だ……。なに⁉　どういう感情⁉

「ニ、ニーナさん……？」

恐る恐る顔を覗き込む。

「ふん」

しかし、ニーナは少し怒った様子でぷいっとそっぽを向く。

どうやら、言う通り休まないことにご立腹なようだ。

俺は観念して両手を上げる。

「はいはい、わ、わかったわかった。降参だよ。言う通りもう少し休んでから上に戻るよ……それでいいだろ？」

な？　とニーナの顔を覗き込む。

すると、ニーナは渋々といった様子でため息をつく。

「仕方ないなあ。まあ元気なのはその通りみたいだし。それでいいよ」

ほっ。と、俺は胸を撫でおろす。

「でも本当にノア君が優勝しちゃうなんて、感慨深いね」

「なんだよ、疑ってたのか？」

すると、ニーナは慌てて手を左右に振る。

「いやいや！　信じてたけど、実際そうなるとあらためて凄いなあって。なんだか別世界の人みたいで……」

ニーナは少し照れ臭そうに言う。

「何言ってんだよ。ニーナも凄かったじゃねえか。いい戦いだったぜ」

「えへへ、そうかな。ありがと。けど、まだまだで……」

ニーナはそっと腰の魔本に手を添える。

「……私も、いつまでも憧れているだけじゃ駄目だよね。早くノア君に追いつけるように頑張らないと！」

そう言ってニーナはグッと拳を握り、そのやる気を見せる。

「その意気だぜ。ニーナなら、きっといいところまでいけるさ」

「ありがと、ノア君」

新入生全員の目標であった歓迎祭は終わりを迎えた。現状における新入生の魔術能力の優劣が付いた形だ。

だが、魔術師としての力は常に進化し続ける。来年やったとしても、また同じ結果になるとは限らない。

常に魔術の研鑽が積まれ、そして新しい力が台頭してくるだろう。

――まあ、だとしても次回も優勝は俺だろうがな。

「そういや、リオはいないのか？」

きょろきょろと周りを見回すが、眠っているレーデ以外誰もいない。

俺と決勝を戦ったのだから、俺と同じ扱いのはずだ。

何なら、あいつの方がダメージが深刻だろうしな。

「あぁ……彼女はほら……ね？」

「？」

ニーナはバツの悪そうな顔をして、頬を掻く。

「ノア君が彼女の魔術を吹き飛ばしてくれたから良かったけど、危なく会場に甚大な被害が出そうだったでしょ？　だからちょっとお叱りというか……その、呼び出されているというか」

苦い顔をして笑うニーナ。

どうやら指導が入っているらしい。まあ、一般人も巻き込んじゃ駄目だよなそりゃ。

「なるほどね、そりゃそうだ。相手が俺だから良かったものの」

あいつは、俺だからこそ全力を出したのだ。俺なら受け止めてくれると。

それはある意味、信頼だったのかもしれない。

戦いの中で、相手のことがわかる。そう言うとまるで手練れのようだが、それはあながちスピリチュアルな話でもないのだろう。

俺は、あの戦いだけで何となくリオ・ファダラスのことを理解できていた。

「だね、本当に何もなくて良かったよ」

「とはいえ、あの件であいつが退学にでもなったら張り合いがなくてつまらねえからな。あいつには良い対人戦の相手としてまだいてもらわねえと」

リオはなかなか強かった。

俺のためにも、この学院にいてもらわないとな。

「ふふ、ノア君は相変わらずだなあ。……それじゃあそろそろ私が試合だから行ってくるね」

ニーナは手に持っていたタオルを机に戻す。

「おう、がんばってこいよ」

「うん！　ありがとう。安静にね」

そう言ってニーナは席を立つと、医務室を出ていった。

医務室は静まり返り、遠くの喧騒だけが静かに聞こえてくる。

その静寂をもって、やっと俺は歓迎祭が終わったのだと、改めて実感する。

誰も彼も全力で俺に勝とうとしてきて、いい経験ができた大会だったなと思う。

苦戦した相手はいなかったが、対人戦という面で見れば相当な経験が積めただろう。

それに、俺なりになかなかのインパクトを残せたんじゃないかと思う。

シェーラの課題としては、まあ及第点だろう、多分な。

とその時、コンコンと医務室のドアがノックされる。

「ん……？」

誰かの見舞客だろうか。俺以外はレーデしかいないが……。

すると、俺からの返事を待つことなく、その扉はギギギと音を立て開いた。

誰だ……ニーナ……じゃないよな。

俺は少し身体を起こし、扉の方を見る。

そこに現れたのは、フードを目深に被った、ローブを身に纏った男だった。

その風貌は、いかにも魔術師然としていた。

このような格好の人間は、この学院で見たことはなかった。教師、というわけではなさそうだ。となると、今日の歓迎祭を見に来た人物だろうか。

男はキョロキョロと医務室を見回すと、俺とパッと目が合う。

そして、フッと笑みを浮かべると、ゆっくりとこちらへ歩いてくる。

「いやあ、五体満足だね。なんら問題なさそうだ」

少し低い声で、男は言う。

「……俺に言ってます？」

「あぁ。君以外いないだろう？」

それはそうだが、見ず知らずのおっさんに気安く話しかけられるようなタイプでもない。

「あんた誰っすか？」

敵意は感じられないが……場合によっては。

すると男は僅かに眉を上げる。

「あぁ、そうだね。確かに私が先に名乗るべきだったか。――おっと、警戒態勢は解いてくれ。いきなり雷を食らったんじゃさすがの私もびっくりするからね」

どうやら俺の警戒心を察していたようで、男は軽快な口調で言う。

俺が魔術を放っても一応は対処できる用意があるようだ。

ということは、半端な魔術師ではないな。冒険者か……？

「そんなことしないですよ。で、あんたは？」

男はローブのフードを外す。

中からはサラサラな長い黒髪が飛び出してくる。

そして軽く頭を振って髪を整える。

その姿は、一見して女性と見間違えるほどだった。

蒼白い肌に青い瞳。長い黒髪は女性を想起させる。だが、喉ぼとけや拳など、随所の細かいところが男であることを物語っていた。

そして、男の張り付いた笑顔がどこかミステリアスな雰囲気を醸し出していた。

今まで会ったことがないような、不思議な男だった。年齢は三十代といったところだろうか。

男は改めて俺を見る。

「私の名は、クラフト・ローマン」

男――クラフト・ローマンは少し自信ありげな顔でそう自己紹介する。

「……」

「クラフト・ローマンだ、わかるか？」

「……？」

何かを察して欲しいというような間を作ってくるが、生憎とこいつが何を考えているのかわからない。

俺の反応が気に食わないのか、クラフト・ローマンは食い下がる。

「私の名前を、一度は聞いたことがあるだろう？」

「……いや、ないですけど」

すると、クラフト・ローマンと名乗る男はおでこに手を当てる。

「なんという……ああ、私もまだまだということか」

そして、ふっと笑う。

「ははっ、君は大分浮世に疎いと見た。私としても、なかなか珍しい経験だ」

クラフト・ローマンは腕を組み、ほうっと唸る。

こいつは余程の有名人らしい。自分でそんなことを言うくらいには。

ということは、これは勧誘というやつだろうか。

曰く、この歓迎祭で目立った生徒は何かしら声を掛けられることがあるらしい。

優勝者である俺のところに誰か来てもおかしくはない。

先生たちがこの医務室への来訪を許可するくらいだ、それなりに地位のある人物なのだろう。

「あーよくわからないですけど、何かの勧誘ですか？」

「うーん、近いが、ちょっと違うな」

クラフト・ローマンは近くの椅子を引っ張ってくると、俺の横に置きその長い脚を組んで座る。

「私は〝六賢者〟、その一柱を担うものだ」

「六賢者……!?」

「さすがの君もそれは知っていたか」

「そりゃあ……」

その組織の名前はさすがの俺も知っていた。

六賢者――。それは魔術界の中心と言っても良い。

魔術を扱う者にとって、その名を知らぬ者はいない組織。

権力、武力、知力――そういったそれぞれが〝力〟を持った六人の魔術師の集まり。魔術界の意思決定機関。

冒険者ギルドの上、騎士団の上、魔術学院の上。立場としては最上位に近い、魔術界最高峰の集団。

六賢者が動けば、国が動くと言われている。

名前だけは聞いたことがある。

たまにシェーラから話を聞くことがあった。どうやらシェーラとは犬猿の仲……というか、シェーラは目の上のたん瘤だと嫌っていたようだが。

そんな人物が、一学生の俺に一体何の用だ。

「六賢者様が何の用です？　俺はただの学生ですよ。わざわざお褒めの言葉を言いに来てくれたとでも？」

そんなわけはないだろうがな。

余程の用事か……あるいは――。

すると、クラフト・ローマンは不敵な笑みを浮かべ、ただ一言、そっと囁く。


「雷帝」


「…………」

こいつ……。

俺はギロリとローマンの顔を睨みつける。

初手で雷帝とは、こいつ、どこまで知っている？

するとローマンは小さく両手を上げる。

「おっと、だから警戒はよしてくれ。私は何も君の匿名学院生活を脅かしに来たわけじゃないさ、ヴァン」

「人違いじゃないですかね」

「いいや、間違いない。君はヴァン、雷帝と呼ばれる最強の冒険者だ」

ローマンはニコニコと笑いながら言う。

「私の目はごまかせないよ。君の魔術と動きを見れば、それくらいは照合できる鑑定眼を持っ

ているつもりさ。ま、私の前でやりすぎたというわけだ」

クラフト・ローマンの輝く瞳が俺を覗き込む。

その目には、確信が宿っていた。

たまにいるのだ、そういう人物が。魔術を使わなくても、魔術のような力を宿した者が。

それがこいつの場合、人を見る目ということなんだろう。

この確信具合からいって、否定するのは無駄な抵抗だな。そもそも、六賢者ともあろう人物が、裏取りをしていないわけがない。

「……やりすぎというほどの魔術は使ってませんが」

「君基準では、ね。知っているかな？　あのリオ・ファダラスという少女は魔術院も目を付けている十年に一人の天才魔術師だ。その彼女が放った魔術を、君はいとも簡単に破ってみせた。君は十分に規格外というわけだ。そして私は、それが可能な人物を一人知っている」

「……それが雷帝ってわけですか」

「ＹＥＳ」

クラフト・ローマンはパチンと指を鳴らす。

まあバレること自体はそこまで気にしてはいなかったが……いずれは露呈するものだと理解はしていた。

しかし、こうも簡単に言い当てられると何だか……。

険しい顔をする俺に、クラフト・ローマンは続ける。

「まあ、安心したまえ。君とヴァンを結び付ける者は、僕以外には皆無だ。知っているかい？　ヴァンは死んだ、という噂が一部で流れていることを」

「はあ⁉」

驚きの情報に、俺は思わず声を上げる。

「はは、知らなかったかな。君が冒険者を休業したという事実は公表されていない」

「なんでそんな……」

そんな馬鹿な。俺は確かに休業すると伝えたはずだが。

「そりゃ、S級冒険者というのは抑止力だからさ。君の名を出すだけで悪事が勝手に止まっていく。そのレベルだ。それをわざわざ休んでいるから今は動きませんよ、なんて公表するわけがない。好きなだけ悪事を働いてくれと言うようなものさ」

「理屈はわかりますけど……」

変に納得感があるだけに、何だかムカつくな。

「なに、さほど気にする必要もないだろ？　冒険者ギルドは代わりに君の目撃情報を適当に流しているんだ。一部では死んだと思われ、一部では活動していると思われている。まさか、魔術学院で学んでいるなんて誰も夢にも思わないさ。僕も最初は半信半疑だったよ、こうして目の前にして初めて確信できたんだから」

「そうっすか――」

――ってことはカマかけられたのかよ、こいつに！

裏取れてるわけじゃなかったのかよ！

俺が黙ってりゃ確定じゃなかったのか……くそ、こいつうぜえ！

「はは、まあまあそう睨まないでくれ」

クラフト・ローマンは楽しそうに笑う。

「……あんたの信頼は地に落ちたよ。で、何の用っすか、冷やかしなら帰ってくれないっすかね、他の怪我人もいるんで」

するとローマンはパチンと指を鳴らす。

「そうだった、忘れてた。それで本題だが――」

クラフト・ローマンの表情が変わる。

「わざわざ君のもとに来たのは明確な理由がある。とある依頼をしたいんだ。ノアではなく〝ヴァン〟にね」

「俺は休業――」

すると、クラフト・ローマンは、バッと手をかざし俺の言葉を制止する。

「おっと。〝余程緊急の要請があれば、招集に応じる〟」

「！」

「確かに君がそう言ったとコーディリアから聞いたんだがね？」

ちっ、と俺は心で舌打ちする。

「……余程緊急、なんですか？」

「あぁ。何人かメンバーを私の方で選出しているところでね。君を見つけられたのは運が良い。是非依頼を受けて欲しい」

「いや――――」

「おっと、断る権利はないとだけ言っておこう。私は六賢者だ、君を好きにできる権限がある」

「……うぜえ」

苦虫を噛む俺を見て、クラフト・ローマンは楽しそうに笑い声を上げる。

こいつ、相当いい性格してるぜ。

「ははは！　だから私は権力を得たのさ。何でも融通が利くからね。悔しかったら偉くなると良い」

クラフト・ローマンはニヤニヤと笑いながら俺を挑発するように見る。

「職権乱用だろ」

「なんとでも」

クラフト・ローマンは軽く俺の煽りを受け流す。

「詳細は後日追って知らせる。それまで心構えだけはしておいてくれ」

「今じゃないのか？」

「最初に顔出しだけはしておく主義でね。君だって、突然一方的に仕事を押し付けられて良い気はしないだろ？」

「似たようなもんですけどね」

まあまあ、とクラフト・ローマンは笑う。

「はあ……まあ断れないなら一応は考えておきますけど」

不本意だが、どうやら簡単に嫌ですと断れなさそうだ。まったく、ろくな大人じゃないな。

「それでこそ最強の冒険者と呼ばれた〝雷帝〟だ。楽しみにしているよ」

そう言ってクラフト・ローマンはローブを翻し、颯爽と立ち上がる。

「それじゃあヴァ――いや、ノア・アクライト君。また会おう」

「俺は会いたくねえけどな」

「それは光栄だ。ではまた」

そう言って嵐のような男ローマンは、俺のもとから去っていった。

まったく、厄介なことになったなあ……。

「はぁ……」

思わず大きなため息が漏れる。

俺の学院生活はどうなってしまうのか。

まさか六賢者が出てくるとはな。

六賢者、しかも本人がわざわざ俺を捜すという労力を割いてまで俺に振ろうという仕事……

一筋縄ではいかないものであることは確かだろうな。

久しぶりに、また冒険者生活に――。

――ガタッ。

一瞬、物音がした気がして俺はすぐさま出口の方を見る。

「誰だ？」

「!?」

しかし、少し待っても何も反応はない。

先ほどの気配は消え、相変わらず静かな医務室だ。

もしかすると、クラフト・ローマンだったのかもしれない。いや、単純に誰かが通り過ぎただけかもしれない。

とにかく、厄介ごとに巻き込まれそうなことだけは、確定していた。

歓迎祭の余韻も束の間、俺はため息交じりにベッドへと身体を沈めた。

最強も楽じゃねえな。

◇　◇　◇

医務室の前の廊下を、一人の少女が走っていた。

はあ、はあと息が上がり、その目は信じられないといった様子で見開かれている。

「何よ……何よ何よ何よ……！」

少女の意識とは相反して口から言葉が零れ出る。

なぜ走り出したのかわけもわからず、ただ逃げるように走っている。

今しがた聞いた事実が、彼女は頭で整理できないでいた。

ただ、見舞いに来ただけなのに。

タイミングが悪いと言うべきか、良いと言うべきか。

金髪を靡かせ、身体を揺らして少女は走る。

「ノアが……ノアがヴァン様……⁉」

衝撃の事実は、その心をいろんな意味で高鳴らせていた。

《了》

特別収録①　第三闘技場の亡霊

「なあ知ってるか、ノア」

「知らねえ」

開口一番、俺はそうアーサーを突き放す。

「まだ何も言ってねえよ!?」

アーサーは目をクワッと見開き、前のめりで突っ込む。

その光景に、ニーナもクラリスもまたやってるわと、呆れたように笑う。

アーサーが、「なあ知ってるか?」という話は大抵女の子関連の話だと相場が決まっているのだ。

俺はその手の話はそんなに興味ないしな。

「んなこと言うなよ、ノア～」

アーサーは泣きそうな顔ですりすりとこちらへすり寄ってくる。

「何やってるのよまったく」

クラリスは呆れた様子で肩を竦める。

「どうせ女の子の話だろ」

「ちがう、違うんだよ今回は!」

アーサーは語気を強める。

「へえ、珍しいな」

「俺を何だと思ってるんだよノア……」

「俺は――」

「いや待って。心当たりあるんで言わないで……」

と、アーサーは悲しそうな顔で言う。

悲しき男だ、アーサー。

「で、何だって？　なんかあったのか？」

「へへ、そうこなくっちゃ！」

アーサーはニヤニヤとしながら近くに寄る。

「〝第三闘技場〟があるだろ？」

「ああ、あの少し小さいところか」

第三闘技場とは、普段はあまり使われない闘技場だ。

メインの闘技場と違い、クラス全員が入るだけで大分パンパンになりそうな大きさで、使用されているのを見たことがない場所だ。

せいぜい、少人数による自主練くらいでしか使い道のない闘技場だ。

「そこがどうかしたか？」

「そこについてよ、こんな噂があるんだ」

するとアーサーは俺たちに顔を近づけるようにジェスチャーする。

小声で話したい時の奴だ。

俺たちは顔を見合わせる。

クラリスは大きくため息をつき、面倒くさそうに顔を近づける。

俺とニーナもそれにならい、少しアーサーに顔を近づける。

「実は、あの闘技場で不思議な現象が起きていてな」

「ふ、不思議な現象……？」

ニーナの言葉に、アーサーは頷く。

「闘技場っていえば、そりゃ魔術の訓練とか、あるいは戦闘訓練をする場所だろ？　だから、せいぜい魔術の音とか、剣戟の音なんかがするはずなんだが」

「そ、そりゃそうでしょ。何言ってるのよ。それの何が不思議な現象なのよ」

クラリスは少し苛立たしげに言う。

アーサーの語り口がうざい……というわけではなく、この話のジャンルが気に食わないのだ。

「実は、そんな闘技場で最近異音がするらしいんだ」

「……」

「それも、そういった戦いの音ではなく、〝バリッ、バリッ〟……と、何かが砕けるような耳障りな音らしい」

アーサーは、〝バリッ、バリッ〟の擬音を敢えて低い声で、不気味に言ってみせる。

しかし、クラリスも強気だ。

「そ、それが何だって言うのよ。変な音くらいするに決まってるでしょ、誰かしら使ってるんだから」

しかし、アーサーはブンブンと首を振る。

「実は第三闘技場って今封鎖されてるんだ」

「「！」」

クラリスとニーナは、その事実にビクッと背筋を伸ばす。

「へえ、なんでだ？　封鎖するようなことでもあったのか？」

「設備の老朽化でさすがに改修しようって話になってるらしくてよ。俺たちが入学した二週間後にはそういう扱いになってんのよ」

そういえば最初の施設案内の時に見たきりだったか。

実際に第三闘技場を使ったことは今までなかった。

思い返せば確かにあの辺りは人が近づかないようになっていた気もする。

「へえ、そうなんだ。初めて知ったよ」

「けど、封鎖されてるのに異音なんて……」

「騙されることないわ、ニーナ。アーサーが私たちを怖がらせようとしてるのよ、気にする必要ないわ」

「そ、そうだね」

言いながら、クラリスはがっしりとニーナの腕を掴んでいる。

言っていることと行動が一致していない。

「だ、第一、封鎖されてる場所で異音ってなによ。そんなの鳴るわけがないでしょ……」

「だよな？　そこで、本題はここからなんだが……」

アーサーは普段よりゆっくりと、そして低い声で話し出す。

「実は昔、あそこで訓練中の生徒が死んだことがあってな」


「「えっ」」


瞬間、ピリッと空気が凍り付く。

ニーナとクラリスは、露骨にびくりと身体を震わせる。

そして、チラッと俺を見る。

この男を止めてくれ、という視線だ。

なぜなら、この出だしは明らかに怪談というやつだ。

——心霊的な現象。

魔術を学ぶ俺たちにとって、そういう類の話はそれほど関係のない話ではない。

アンデッド系のモンスターだっているし、言ってしまえば精霊だって心霊的なものに近いところがある。

だが、誰かの死んだ怨霊だとか怨念というものは、それだけで恐怖の対象となってしまう気持ちはわからないではない。

クラリスとニーナにそこまでこういった話への抵抗感があるとは予想外だが（特にクラリスは）……だからこそ、なんか面白そうだから俺は止めるのをやめた。

俺はぷいと二人から顔を背ける。

「なっ！」

二人の怒りの視線が突き刺さるが、俺はアーサーに続きを促す。

そして、アーサーは続ける。

「その死因ってのが何とも不幸でな」

「ふ、不幸……」

「なんでも、魔術で破壊した天井の下敷きになって、ぺしゃんこになって死んだそうだ……」

「「………」」

二人はその死にざまを想像し、ぶるっと身体を震わせる。

圧死というわけか、そりゃこの世を恨みたくもなるわな。

重苦しい空気の中、クラリスがいつもより甲高い声で言う。

「そ、それが音と何の関係があるってのよ！　た、ただの過去の事件の話じゃない！」

「それが違うんだ。実はその当時の事件を見ていた人物がいたらしくてな」

過去の事件、はっきりしない目撃者。独り歩きする噂そのものだな。

だが、そんなことお構いなしにクラリスとニーナはビビり散らかしている。態度だけは強気だが。

「その人が言うには、事故があった時、その生徒の飛び散った脳みそや臓物が、当時壁に置かれていた構えの確認用の鏡に飛び散り、バリッ!!　という音を立てて砕け散ったんだそうだ」

ごくり、と、二人の喉が鳴る。

そして、アーサーは少し間をおいて、続ける。

「それ以来、十二時を回った後、第三闘技場の近くを通ると、バリッ！　バリッ！　という何かが砕ける音が響くらしい」

「「…………」」

「その音を不思議に思って中を覗くと、そこでは――」

ニーナとクラリスは身体をぎゅっと寄せ合い、首をすぼめ、衝撃に備える。

「身体がぺしゃんこになった、生徒の亡霊が血みどろでこちらを凝視しているんだってよおおお!!」

「「ぎゃあああああああああああ！！！」」

ニーナとクラリスは、二人して抱き合うと、普段からは考えられないほどの叫び声を上げて飛びのき、座っていた椅子を引き倒して、そのまま後ろへと転げ落ちる。

あまりの悲鳴と爆音に、周囲の生徒たちはなんだなんだと注目する。

「な、何見てるのよ!!」

「な、なんでもないです！」

捲れたスカートを慌てて整えながら、クラリスとニーナは必死にやじ馬たちを追い返す。

ふーふーと息を荒らげながら、憔悴した様子で二人は椅子に戻る。

ここが食堂でなければこんなことは起こらなかったんだが、こんなところで話すアーサーにも非があるな。

すると、その様子を見たアーサーが目を細めて笑う。

「しっしっし、ビビったか!?」

「ビ、ビビるわけないでしょうが!!」

ガツン!! と、クラリスのげんこつがアーサーの脳天に炸裂する。

「ぐはあああ!!」

激痛がアーサーを襲う。

アーサーは頭頂部を押さえながら身体を震わせる。

今のは入学以来一番の威力だな。と、俺は冷静に分析する。

「ぐおぉ……てめえ……」

「な、何が話したかったのアーサー君は……」

ニーナは震えながら聞く。

「本当よ……そんな話聞いたから何だっていうのよ！　何か得ある⁉　魔術が上達するわけ⁉」

「いや、エンターテイメント的な……」

「「いらないわよ‼」」

ハモる二人の声。

そしてさらにもう一発。いや、ニーナと合わせて二発。アーサーは攻撃を食らい、ガクリと項垂れる。

その様子はさながら死闘を終えた魔術師のようだ。

「行きましょう、ニーナ。もう相手にすることないわ」

「そうだね……。ね、ねえクラリス」

「何かしら」

「……きょ、今日は一緒に寝ない？」

すると、クラリスはくわっと目を見開き、視線を斜め下に向けながら言う。

「……そ、そうね。明日から休みだし、たまにはお泊まり会というのも……悪くないわね」

「そ、そうしよう！」

そう言って、二人はフンとそっぽを向いてその場を去っていった。

「くっ……俺のエンターテイナー精神が……二人を傷つけてしまうとは……」

アーサーは死にそうになりながらそう言葉を零す。

「最初からわかってたことだろうがよ」

俺は呆れながら溜息をつく。

まったく、アーサーはなんというか……バカだ。

「だがよ、ノア」

「？」

アーサーは死にそうな顔をしながらも、必死に笑顔を浮かべ俺にサムズアップする。

「じょ、女子のお泊まりが発生したのなら……これはこれで、最高では？」

最高の笑顔でそう言うアーサーに、俺は呆れてため息を漏らす。

だが、あまりにアホすぎてついつい微笑んでしまう。

「まったく……お前はタダでは転ばない男だよ」

「当然よ……！」

そう言って、アーサーはカクリと項垂れるのだった。

◇　◇　◇

それから数日後――。
「第三闘技場に⁉」

クラリスは今まで聞いたことがないほどの声を上げる。

「うるさいな……。そうだ、第三闘技場だ。何か問題あるか？」

先生は険しい表情をしながら、クラリスにそう問い返す。

「いや、それは……」

クラリスは渋い顔をして顔を背ける。

だが、クラリスの性格上、教師の依頼を否定できるわけもない。

優等生、というわけではないが、そこら辺の立場は弁えている方なのだ。

冒険者として揉まれてきただけはある。

「本当に……夜じゃやないとだめなんですか？」

最後の望みをかけて、クラリスは食い下がる。

しかし、先生はため息をつく。

「当たり前だろ。夜じゃないと月光草は効力が半減する。教えただろ？」

「そ、そうですけど……。べ、別に第三闘技場じゃないところにも生えてるんじゃ……」

しかし、先生は頭を振る。

「先任の教師が第三闘技場に花壇を作ってしまってね。今のところ生えてるのはあそこだけだ。なに、今あそこは閉鎖されている。誰も人は寄りつかないから、しっかりと生えているはずさ」

「ひぃいいい！」

クラリスは泣きそうな声を出しながら、「わかりましたよ、取ってくればいいんでしょ！」と叫び、教室を後にした。


「どうしたクラリス、なに叫んでんだよ」

俺は足早に去っていったクラリスの後を追い、追いついたその背中に聞く。

クラリスは俺の声に振り返ると、肩をいからせて声を張り上げる。

「そりゃ叫ぶでしょ！　昨日の今日で第三闘技場よ⁉　何があったらこんな展開になるのよ！」

自暴自棄気味にそう吐き捨てるクラリス。その眼は、心なしか少し濡れている。

「けどよ、別に怖くないいんだろ？」

「ぐっ……そう……だけど……！」

クラリスは自分の発言を後悔していると言わんばかりに苦い表情で、拳を握りしめる。

「怖いならついていってやってても良かったんだけどなあ。怖くないなら、まあ頑張って行ってこいよ。じゃあな」

そう言い残し、俺はその場を後にする。

一歩、二歩……少しずつ俺はクラリスから離れていく。しかし、まだ後ろでクラリスがこちらを見ているのが、気配でわかる。

そして、角を曲がる直前で。

「――ま、待って！」

「ん？」

クラリスの悲痛な声が聞こえる。

「どうした？」

俺は振り返り、クラリスの方を見る。

「あの、えっと……」

クラリスは顔を真っ赤にし、少し顔を俯きながらこちらへ歩いてくる。

まるで子供のように、服の裾を掴んでいる。

そして俺の前に立ち、数秒。

意を決したように、バッと顔を上げる。

「？」

だが、俺と目が合うとすぐさま顔を逸らす。

何がしたいんだこいつは。

「その……」

そして、俺がもう帰るかと考え始めた時、ようやくクラリスは口を開く。

「つ……」

「つ？」

「つ……ついてきてくれても……いいわよ」

「やだよ」

「何でよ⁉　ちゃんと言ったじゃない⁉」

クラリスは涙目になりながら俺の制服を掴む。

まるで捨てられる恋人のようだ。

なんか面白いな。

「冗談だよ。わかったよ、ついてってやるよ」

「ほ、本当⁉」

クラリスの顔がパーっと明るくなる。

「あぁ。どのみち第三闘技場は行ってみようと思ってたからな。噂が本当なのか気になるだろ」

「ならないわよ……けどまあ良かったわ」

クラリスはほっと息をつく。

「あんたがいれば、まあ多少は頼りになるでしょ」

「多少ってお前……」

「それじゃあ、夜に寮の前で落ち合いましょう。……逃げるんじゃないわよ」

クラリスはビシっと俺を指さす。

「へいへい、わかってるよ」

そうして、俺とクラリスは別れた。

◇　◇　◇

――夜。

俺とクラリスは第三闘技場前へとやってきた。

アーサーの噂によると、ここで何かが砕ける音がして、ぺしゃんこになった生徒が現れるらしい。

「くだらないな」

俺は溜息と共にそう零す。

魔術が全盛のこの時代に、霊的なものがあるわけがない。あるとすればそれは単純に魔術だ。

だが、そんな噂があるというのなら、その真相を突き止めるのもたまには悪くない。

「ね、ねえやっぱり帰るっていうのは……」

びくびくしながら周囲を見回すクラリスが言う。

「なしだろ、何でこんな時間に来たと思ってるんだよ」

「うぅ……」

月光草は十二時過ぎから伸び始める。

そして、月の光を吸収し、光り輝いた時に刈り取るといろいろな薬品に使える薬草として効力を発揮する。

授業の一環とはいえ、取れる時間も限られてる面倒くさい代物だ。

「確か、第三闘技場の中、壁際に生えてるんだったか」

「そうね……」

事前に先生から生えている大まかな場所は聞いていた。

「さっと行って、さっと採ってくる。それだけだ。大丈夫だろ？」

「そ、そうね。私なら余裕よ」

まあ誰でも余裕なんだが。

「じゃ、じゃあ行きましょうか……」

まるで死地へ赴く兵士のように、クラリスは意を決して一歩を踏み出す。

暗い夜道を歩きながら、少しずつ第三闘技場へと近づいていく。

そのシルエットが闇夜に紛れてぬぼおっと聳え立っている。

周囲は静かで、人の気配はない。

「静かだな」

「そうね……」

そうして、俺たちはゆっくりと第三闘技場の敷地へと足を踏み入れる。

少し歩いたところで、クラリスがピタリと足を止める。

「どうした？」

振り返ると、クラリスは縮こまって何かに耳を澄ましている。

「ほらっ……ほらほら、聞こえない!?」

「ああ？」

「バリって……！」

クラリスは恐怖で身体を強張らせる。

しかし、その音は別のものだ。

俺はクラリスの肩を叩くと、下を指さす。

「瓦礫だよ。自分で踏んで音鳴らしてたら世話ないぜ」

「そ、そっか、良かった……あ、ありがと……」

素直なクラリスのお礼に、俺は少し肩透かしを食らう。

クラリスにこんな一面があったとは。

「どうせ、何かの聞き間違いだろ、アーサーの話だしな」

「そ、そうね、そうに決まってるわ！」

「ああ。だから――」

瞬間。俺の耳に届く甲高い尖った音。

まるで何かが砕けるような、鋭い破裂音。

それは、まさに聞いていた通りの音だった。

「……聞こえたか？」

「……残念ながら……」

俺たちは顔を見合わせる。

まさか本当に聞こえるとは。

俺はクラリスは踵を返すと、来た道を戻ろうと歩き出す。

そのせいでクラリスのフードを掴むと、ぐっと引っ張る。

「な、なによ⁉　ばかばかばか‼」

「いやいや、見ていこうぜ、折角のチャンスだぞ？」

俺の言葉に、クラリスは今まで見た中で一番の呆れた顔をする。

「んだよ」

「見てどうすんのよ⁉」

「いや、音の正体解明してえじゃねえか。お前はこのまま知らないままでいいのか？」

「知らなくてもいいことがこの世にはあるのよ……。それを知ってあんたの今後はよくなるわけ？」

「少なくとも同じような事象に遭遇した時に、変に迷わなくなる。それにまあ、単純に興味があるしな」

俺の言葉に、クラリスはまた唖然とした表情を浮かべる。

そして、ぐぐぐっと身体をこわばらせると、決壊するかのように言葉を吐きだす。

「怖くないの⁉　私は怖いわよ⁉　この先にぺしゃんこの幽霊がいるのよ、呪われたらどうするのよ⁉」

「はあ……？」

本当に魔術師かこいつは。

クラリスはキャーキャー文句を言いながら両手をブンブンと振る。

「呪われたら解呪すりゃいいだろうが。ビビりすぎだろ」

「そういう問題じゃないじゃない！　ゆ、幽霊なんて、理屈が通用しない相手よ⁉　魔術なんて効かないかもしれない‼」

「冒険者やってたんならいくらでもそういう相手と戦っただろうが。常に相手が自分の得意な奴とは限らねえだろ」

「それとこれとは……」

「違うのか？」

「ううう！！！」

クラリスは口を尖らせ、まるで駄々をこねる子供のようにじたばたと暴れる。

そして、少し静かになったかと思うと、クラリスはぎゅっと俺の制服の裾を掴む。

「うぅ……行かなきゃ駄目……？」

上目遣いで涙ぐむクラリス。

その姿に、さすがの俺も同情心が芽生えてくる。

そんなに嫌なのか。

「いや、まあ……言い方悪かったよ。別にお前がこの音の正体を知ったところで、呪われるようなことはねえだろうよ。そんな怖いとは思わなかった」

「……うっさい……」

クラリスは静かに呟く。

まあ、この世に怖いものの一つや二つはあるわな。

シェーラはああ見えて、虫は結構苦手だったっけ。

自分が平気だからといって、押し付けるのも良くねえか。

「……はあ。わかった。夜光草は俺が採ってきてやるから、お前は外で待っていいよ」

「いいの⁉」

クラリスの顔がパーっと明るくなる。

もはや怖いのを取り繕う様子はない。

追い込まれると人って素直になるんだな。この姿をアーサーにも見せてやりたかったぜ。

「いいよ、別に。草採ってくる程度、わざわざ嫌な思いしてまですることじゃねえさ。お前の心の準備を待ってたら朝日が昇っちまうしな」

「お、お願い！」

クラリスは俺の皮肉も通じず、こんな世界にも神がいたのね、と今にも言い出しそうな顔でぎゅっと俺の手を握る。

「やれやれ……」

とはいえ、あの強気なクラリスにもこんな女の子らしい姿があったんだなと、何となくほっこりしてくる。

絶対に今日のことは掘り返されたくねえだろうから、何かあった時には有効活用させてもらうとしよう。

そうして、俺はクラリスを敷地の入口まで帰すと、一人で中へと向かう。

やはり、未だにあの異音は鳴り続けている。

薄暗い道を歩く。闇夜の中で、その甲高い音は不規則に空気を振動させ俺の耳へと届く。

パリンパリン、パキパキ……という音は、奥に入っていくにつれて大きさを増していた。

確実に、第三闘技場の中に何かがある。

それが、幽霊・亡霊の類なのか、それとも他の現象なのか。

段々とヒンヤリとしていく空気が俺の頬を撫でる。

どうやら、奥へ進むに連れて僅かだが気温も下がってきているらしい。

これも霊的なパワーだろうか？

いや、違う。この感じ、俺は知っている。

「つーことは、これの正体は……」

俺は何となくの解答を頭に描く。

もはやこれしか考えられない。あとは、ぺしゃんこの幽霊だが……。

「まあ見ればわかるか」

その答えを見届けるために、俺はここへ来たのだ。百聞は一見に如かず、だ。

バリッ、バリッと音が聞こえる中、暗闇を歩き、そしてとうとう、俺は第三闘技場内部にたどり着く。

そして、最後の角を一気に曲がる。

瞬間、吹き抜ける冷気。パキンパキンと響く破裂音。

その正体は――。

「やっぱりな。正体はこれだよな」

俺の眼前に広がる光景。

闇の中に広がる白銀の景色。

月明かりが反射し、そこだけまるで満月の夜のように明るい。

そこに広がっていたのは――第三闘技場を埋め尽くすほどの広大な氷の大地だった。

その大地は、現在進行形で拡大・変形している。

「ルーファウス！　いるんだろ！」

俺の声が第三闘技場に響く。

その声に呼応するかのように、パリンパリンという音はシンと止む。

遅れて、中から声が聞こえる。

「なんで……何で貴様がここにいる！」

ノア・アクライト！　と、明らかに怒気を含んだ声。

そう、彼こそは。ルーファウス・アンデスタ。氷魔術の名家、そのご子息様だ。

つまりこの音の正体はいたって単純。

この音は、ルーファウスが放つ氷魔術によって、氷が破壊と生成される音だったのだ。

暗闇の中でぼんやりとルーファウスの顔が照らし出される。

その顔はどこかバツが悪そうだ。

いろいろと聞きたいことはあるが、それは野暮というものだろう。

俺は手短に用件だけを述べる。

「ちょっと夜光草を取りに来てな。あるだろ？」

「……あれか、あれは外だ、こんな戦闘する場所にあるわけないだろ。闘技場の裏にある」

それもそうか。

ルーファウスは一向に俺の前に現れようとはしなかった。

さっきちらっと見えた顔も、今はもう見えない。

俺に姿は見せたくないってわけだ。

「助かる。じゃあ俺は――」

と、俺が踵を返そうとした瞬間。

地面に広がる氷山の一角。その透明な氷の塊に光が屈折して、まるでぺしゃんこになったような形で、ルーファウスの姿が視認できる。

「――そういうことね」

俺は今すべてを理解した。

音の正体、そして、幽霊の正体。それが今、解決した。

「まだ何かあるのか」

ルーファウスの苛立った声が聞こえ、俺はそれに応える。

「もうねえよ。まあ、ありがとな。あと、頑張れよ」

「！　う、うるさい、さっさとどっかいけ平民！　二度と来るな！」

そんな怒鳴り声を背に聞きながら、俺は第三闘技場を後にした。

◇　◇　◇

「あったわよ、外に。先生も言ってくれればいいのに」

クラリスは採取した夜光草を両手に抱えていた。

発光した草はクラリスの顔を下から幻想的に照らす。

「どっちかと言えば、こっちの方がホラーだな」

「？」

クラリスは首をかしげる。

「なんでもねえよ。目的も達成したし、帰るか」

「そうね」

俺とクラリスはまた二人で帰路につく。

暗い道を、夜光草を頼りに。

少しして、クラリスが言う。

「ねえ、結局なんだったの？　あの幽霊は」

「興味ないんじゃなかったのか？」

「！　う、うるさいわね、どうせ知れたのなら教えてくれてもいいじゃない」

クラリスは恥ずかしそうに目を伏せる。

「あれは……そうだな」

正直に言ったら、きっとルーファウスが恥ずかしがるだろうな。

せっかく俺との戦いを経てルーファウスがいい方向に成長したんだ。変に水を差して修行をやめて欲しくない。

ここは、まあ適当に合わせておいてやるか。

「……亡霊が、それまでの自分を死んだものと自覚して、ここから生まれ変わろうともがいてる音だったよ」

「……はあ？」

一瞬クラリスはキョトンとした顔をした後、自分がからかわれていると思ったのか、少し間をおいて大きくため息をつく。

「意味わからないんだけど。何、何が言いたいわけ？」

「わからないままにしておく方がいいこともあるってことだ」

「はあ？　さっきと言ってること違うじゃない！　なによ、結局何もわからなかったってわけ？」

詰め寄るクラリスに、俺は肩を竦める。

「何なのよまったく……」

クラリスは聞いて損した、とがっくり肩を落とし、唇を尖らせる。

「もういいわ、こういうのはもうこりごりよ」

まあ、謎の正体なんてわかったところで面白さなんてそうそうあるもんじゃねえからな。

「こんなことに時間をかけてる暇があったら、今は訓練する時よ。もうすぐ歓迎祭も始まるわけだし」

「歓迎祭……そういやもうすぐだったか」

新入生による、最強を決める戦い。

ルーファウスがこれからもあの修行を続けるなら、もしかするといいところまでいくかもな。

「期待してるぜ」

俺は背後の第三闘技場に向かって、そう小さく呟く。

その呟きに、クラリスが何か言った？　と振り返るが、俺はなんでもねえよとそっけなく返した。

　こうして、俺とクラリスの奇妙な心霊現象体験は幕を閉じた。

　クラリスだけは、未だに第三闘技場を嫌っている。

《特別収録①　第三闘技場の亡霊／了》

特別収録② ニーナの休日

――とある休日。

「ふああ……」


小さく欠伸をして、ぱちりと目を開ける。

まだほんのりと薄暗い部屋と、白い天井が目に入る。

早朝。太陽が出てからまだそれほど経っていない頃、ニーナは太陽の光で目を覚ます。

休日ともなると、校内はまだ眠りの中で、ほとんどの生徒は目を覚ましていない。

とても静かな時間が流れている。

公爵であるニーナの家のベッドほど高級ではないけれど、それでもかなり良い造りのベッドでぐっすりと眠り、昨日の身体の疲れはすっかりと癒えていた。

ベッドの中で静かにそのまま天井を見上げ、小さく息を吐いて、二、三度瞬きをする。

そうして徐々に目が覚めてくると、そこでようやくベッドから身体を起こす。

ベッドから出てくるその姿は、白いフリフリとしたレースのついた寝間着姿だ。

今のところ、この寝間着姿を拝めているのは同室のクラリスだけだ。もしアーサーが見ようものなら、鼻血でも噴き出して卒倒するかもしれない。

〝氷雪姫《レヴエルタリア》〟とまではいかないけれど、それでもその姿はかなり愛らしい。

「すー……すー……」

部屋の反対側では、ニーナの同室であるクラリスが、まだ穏やかな表情で寝息を立てている。

その寝顔はとても愛くるしく、同性のニーナでさえ可愛いと思ってしまう。

「むにゃむにゃ……うるさいわよアーサー……」

「ふふ」

クラリスの寝言も聞きなれたものだった。

夢の中でまでアーサーを罵っているのだから、相当根に持っているのかもしれない。犬猿の仲なのか、仲が良いだけなのか。

「さてと……」

ニーナは手早く運動用の服へと着替える。

クラリスを起こさないように、慎重に。

「日課、始めますか」

ニーナは、そのまま寮を飛び出す。

校門前で軽くストレッチをして、全身を伸ばすと、長い髪をポニーテールにして走り始める。

「はっ、はっ、はっ」

ニーナの朝の日課はランニングだ。

召喚術師として、魔力には自信があったが、いざ近接戦闘に持ち込まれた時の技術や体力には自信がなかった。

そのためまず第一歩として、体力づくりを始めたのだ。

レグラス魔術学院の敷地は広大で、そこを一周するだけでもかなりの運動になる。

その日課は、休日であろうと関係なく行われる。

少しまだ肌寒い風が吹く中を、風を切りながら進む。

初めの頃は一周するのにもぜえぜえと息が上がり、立ち上がれないくらい疲れたものだったが、今ではそれなりにペースを保って安定して走れるようになってきた。

戦闘で大事なのは瞬間的な行動ではなく、長時間持続するスタミナだ。ランニングはそれを鍛えるのにもってこいだった。

そうして運動を終えた後は、軽く汗をシャワーで流し、朝食の時間だ。

大食堂へと顔をだし、好きな料理をよそっていつもの席へとつく。

普段は大勢の生徒でごった返しているが、休日はそれぞれ自由な時間で食べるため、あまり人は多くない。毎日これくらい落ち着いて食べられたら良いのにと、ニーナは少しだけ思う。

「朝からご苦労様ね」

「クラリス、おはよう!」

起きてきた同室のクラリスが隣の席へと座り、朝から運動してきたニーナをねぎらう。

初めはぶっきらぼうで、気の強い子だからあまり仲良くなれないかもと心配していたが、それは杞憂だった。

クラリスも話せば歳相応の女の子で（ヴァンの熱狂的なファンでもあるし）、結構可愛いところがあると最近理解してきた。

「感心ね、毎日走るなんてなかなかできることじゃないわ」

「そうかな？　でも、魔術にも繋がることだと思うから、がんばってるよ」

ニーナはグッと拳を握る。

「そういうのが一番難しいのよ。休日だからって寝てばかりのアホとは違うわ」

言いながら、クラリスは皿に盛りつけてきた果物をぱくりと口に運ぶ。

「まあ、休日の過ごし方は人それぞれだからね。休むのも大事だよ」

「本当……、あんたの爪の垢を煎じて飲ませたいわ」

と、クラリスはため息をつく。

「クラリスだって訓練とかよくしてるじゃん」

「まあね。私は冒険者だったから、そこら辺は生活の一部なのよ。やらないと気が済まないというか。それに」

と、クラリスは言葉を続ける。

「あのノアには負けられないからね。絶対私が歓迎祭で一番になるわ……！」

闘志を燃やすクラリスの目は、熱く燃え上がっていた。

歓迎祭もどんどんと近づいてきていた。新入生たちのやる気も桁違いだ。

とはいえ、やはり休むことも必要で。

「ねえ、今日行くでしょ？」

「ええ。私もいろいろと欲しいものがあるし、街に出ましょう」

「だね！　食べ終わったら準備して行こう！」

こうして、ニーナとクラリスはさっさと朝食を平らげると、寮へと戻った。

◇　◇　◇

お気に入りのワンピースを着て、クラリスと街へと繰り出す。

休みしか外に出る機会がないから、久しぶりの王都に否が応でもワクワクしてしまう。

王都は相変わらず多くの人で賑わっている。

多種多様な人々が暮らす王都では、それだけいろんなものが必要とされる。それを狙って、商人たちも多くがここに居を構えていたりする。

とりあえず、メインストリートを二人で歩く。おしゃれな服屋を見て、雑貨屋を見て、本屋を覗いて。二人であてもなく彷徨ってみる。

そうこうしているうちにお昼の時間になり、今人気のあるお店に入ってランチを食べる。

高級さで言えば学院の食堂はかなりのランクなのだが、たまに外で食べる料理はそれはそれで格別だ。

ランチも食べ終え、午後になったところでいよいよ本日の目的へと移る。

「さてと、どっちだったかしら」

クラリスは人混みの中でぴょんぴょんと跳ねながら、必死で周りの様子を窺う。

「えーっと、確かロンデル通りの入口辺りだったはずだよ」

「じゃあ近いわね、えーっと、こっちかしら。行きましょう」

そうして、ニーナとクラリスは人混みを掻き分けながら、ロンデル通りを目指す。

授業の話や趣味の話、その他、他愛もない話をしながら進む。

「でね——……って、何笑ってるのよ」

「え、私笑ってたかな⁉」

ニーナは慌てて自分の口元を押さえる。

「にまーってしてたわよ、何かあったの？」

クラリスの問いに、ニーナは少し照れ臭そうに頬を掻く。

「えーっと……いやあ、私ほら、あんまり同世代のお友達って多くなかったから、なんか嬉しくて」

「なっ……！」

と、クラリスは赤面して僅かに身体を仰け反らせる。

「と、友達……まあ、私もいなかったけど……。何よ改まって、こっちまで恥ずかしいでしょ！」

クラリスは軽くパシッとニーナの二の腕を叩く。

「えへへ、ごめんね。けど、やっぱりこういう休日は憧れてたから。楽しいなあって」

「……」

クラリスは恥ずかしそうに顔を俯かせる。

「まあ、それは私もよ」

当然でしょ、とクラリスは続ける。

「――って、また笑ってるし！　いいからもう、さっさと行くわよ！」

「うん！」

そんなこんなでしばらくして、こぢんまりとした三階建ての建物の前へとやってくる。

掲げられた看板には、「フェードル魔術店」の文字が彫られている。

「ここね、入りましょうか」

「何があるかなあ、楽しみだね」

カランカランと鈴が鳴り、二人は中へと入る。

狭い店内は随所に魔術に関するものが並べられていた。

魔術書、魔道具、儀式用の各種ツール、さらには薬品類から魔術衣まで、かゆいところに手が届く。

需要がありそうなものからなさそうなものまで、いろいろ置かれている。

だが客はそれほど多くなく、パッと見回してもせいぜい二人くらいだった。

隠れた名店といったところだろうか。

「私、薬品系だから三階に行くわ。買い物終わったら外で待ち合わせましょう」

「わかった、また後でね」

クラリスは三階の薬品系のエリアへ、私は一階から三階までをいろいろと物色して回る。

気になるものを手に取って眺めながら、各階をくまなく見て回る。

そして、二階の魔道具エリアで色とりどりの小瓶を見つける。

中に入っているのは液体のようで、振ればちゃぷちゃぷと音が鳴る。

「お客さん、お目が高いね」

「？」

奥から店主が現れ、その小瓶を指さす。

「それは、新発売の魔術道具さ。飲めば目の色が変わる。カラーアイと呼ばれる商品だよ」

「へえ、おしゃれ道具なんだ」

店主は頷く。

「若い子たちの間で大人気でね。特に人気なのはブルーとレッド……あとはブラックも人気だね」

「へえ……」

目の色が変わるとは、何か変な感じだけど少し面白そうだ。

ノア君に見せたら、何か反応してくれるかな、と少しだけ考える。

「その顔は、意中の相手がいるね？」

「!!」

ニーナは一気に赤面する。

「え、あ、いや、そういうわけじゃ――」

「ひっひ、別に言わなくてもいいさ。可愛いから、二色で一色分の値段でいいよ」

「いいんですか？」

店主は頷く。

「じゃあ、これとこれを……」

「毎度あり。また来ておくれよ」

買い物を済ませ、店を出ると既にクラリスが待っていた。

「ごめんね、遅くなって」

「別に私も今出てきたところよ。それ、何買ったの？」

店の前で合流したクラリスが、私の抱える小袋を見て言う。

「まあ、ちょっとおしゃれアイテムを……」

「ふーん？　まあ良かったわね。それじゃあ、そろそろ帰りましょうか。今日は楽しかったわ」

「うん、こちらこそ楽しかったよ。また来ようね！」

こうして、ニーナとクラリスのお出かけは終了した。

◇　◇　◇

――夜。

クラリスはベッドで読書をしていた。

恐らく、今日買った魔術書だろう。意外と勉強熱心なのも良いところだ。

ニーナは自分の机の窓際に視線を移す。そこには、今日買った小瓶が二つ並べられている。

使うことはなさそうだが、インテリアとしては悪くない。

「私大浴場行くけど、クラリスは？」

「んー……私パス」

「わかった」

一日の疲れを癒すにはお風呂が最適解だ。

ニーナは大のお風呂好きで、この学院に大浴場があると聞いた日には大喜びだった。

適当に髪をポニーテールに束ね、着替えを持って大浴場へと向かう。

時間も遅いから、この時間に来る人はあまりいないだろう。

中庭を抜けて、大浴場の方へと進む。

すると、ベンチに腰掛ける一人の少年の姿が。

銀色の髪をした、今新入生でも密かに話題になり始めている少年。

「ん？　ああ、ニーナか」

「わっ！　こ、こんばんは……」

不意にこっちに気が付いて声をかけてくるものだから、ニーナは慌てて変な声を出してしまう。

何となくラフな格好で来てしまったことを後悔し、最低限の身だしなみをと前髪を整えてみる。

「ノ、ノア君、こんなところでどうしたの？」

「特に理由はねえよ。ニーナは？」

「私は、これから大浴場に」

あぁ、とノアは頷く。

ニーナは意を決して、ノアの隣に腰を下ろす。

ノアは特に気にすることなく、正面を見ている。

少しだけ沈黙が流れる。

「……今日は何してたの？」

「今日は、アーサーの馬鹿の尻ぬぐいだな。あいつのせいで変な事件に巻き込まれるのはもうこりごりだぜ」

言いながら、ノアは肩を竦める。

なんやかんや言いながら、友達思いなところがあるのだ。

「ニーナは？」

「私は、クラリスちゃんと二人で街に出たよ。買い物したりランチを食べたり」

「へえ、いいじゃねえか。楽しんでそうでなによりだよ」

「うん！　これも、ノア君のお陰だね」

「ちげえだろ、結局受かったのはニーナ自身の力さ」

何言ってんだか、という風にノアは首を竦める。

とはいえ、ノアが恩人であることには、ニーナにとって変わりなかった。

いつまでも憧れの存在なのだ。

「どこか行くところじゃなかったけ？」

「あ、そうだ、大浴場に」

「気を付けて行けよ。アーサーみたいなヤバイ奴がいるからな」

「ふふ、ありがとう。また明日ね、ノア君」

「おう」

ニーナは立ち上がると、ノアに軽く手を振りその場を後にする。

まだまだ、この学院で学んでいける。

仲の良い友達と、そして尊敬できる友達と。

ニーナにとっては、休日もそうでない日も、今はすべてが宝物のような時間だった。

《特別収録②　ニーナの休日／了》

あとがき

お久しぶりです、五月蒼です。

二巻から大分お待たせしてしまいましたが、無事三巻出ました！

三巻が出せたのも買って下さる皆様のお陰です、ありがとうございます。

お陰様でコミカライズも順調のようで、そちらから原作に興味を持って手に取って下さる方が居たりするかもな～なんてことを思うと、感慨深くとても嬉しい限りです。

三巻は歓迎祭編の締めくくりと言うことで、全編バトル祭り。ノアの活躍もさることながら、ノアの戦いだけでなく、ニーナや新キャラの戦いも盛りだくさんで、手に汗握る戦いが続きます。

新たな登場人物も現れて、はてさてノアの学院生活はどうなっていくのでしょうか。

とはいえ、これは歓迎〝祭〟。少しでもお祭り騒ぎに参加しているような気持ちを味わっていただけると幸いです。

今回もウェブ版から大幅加筆、修正しており、もちろん、マニャ子先生のカッコいい&可愛い新規イラストも見られて、ウェブ版からの読者には二度おいしいものになっているはずです。

もちろん文庫派の方には、完全版となった歓迎祭完結編を思う存分楽しんで頂けると思います。

そんなわけで、雷帝三巻を手に取って頂いた皆様、誠にありがとうございました。
可能ならば、また四巻の巻末で会えることを楽しみにしています。

五月蒼

転生貴族の異世界冒険録
～カインのやりすぎギルド日記～
原作：夜州
漫画：香本セトラ
キャラクター原案：藻
レベル１の最強賢者
原作：木塚麻弥
漫画：かん奈
キャラクター原案：水季
我輩は猫魔導師である
原作：猫神信仰研究会
漫画：三國大和
キャラクター原案：ハム

捨てられ騎士の逆転記！
原作：和田 真尚
漫画：絢瀬あとり
キャラクター原案：オウカ
身体を奪われたわたしと、
魔導師のパパ
原作：池中織奈
漫画：みやのより
キャラクター原案：まろ
バートレット英雄譚
原作：上谷岩清
漫画：三國大和
キャラクター原案：桧野ひなこ
コミックポルカ
COMICPOLCA
話題のコミカライズ作品を続々掲載中！
毎週金曜更新
公式サイト
https://www.123hon.com/polca/
Twitter
https://twitter.com/comic_polca
コミックポルカ
検索

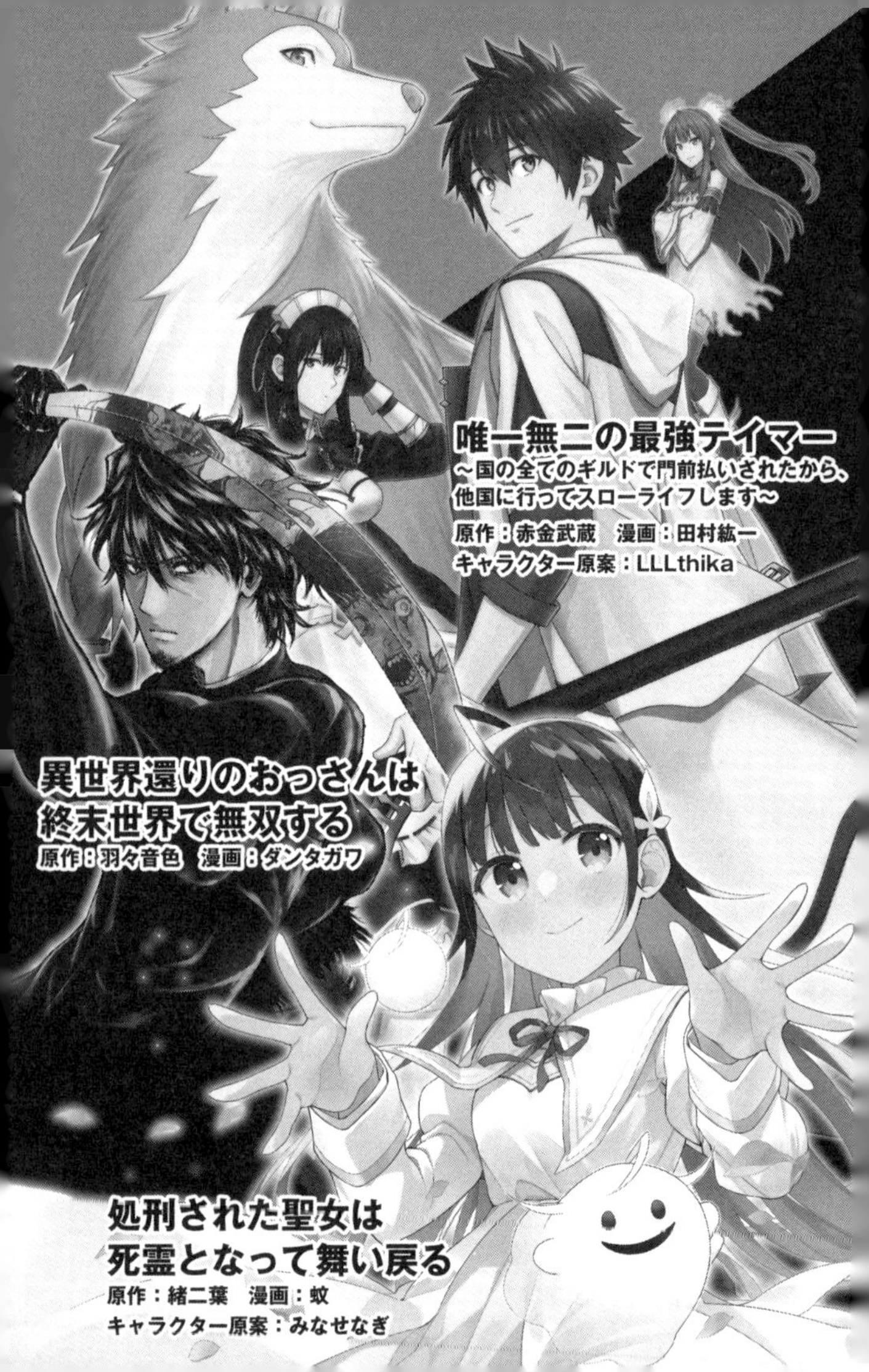
唯一無二の最強テイマー
～国の全てのギルドで門前払いされたから、
他国に行ってスローライフします～
原作：赤金武蔵　漫画：田村紘一
キャラクター原案：LLLthika
異世界還りのおっさんは
終末世界で無双する
原作：羽々音色　漫画：ダンタガワ
処刑された聖女は
死霊となって舞い戻る
原作：緒二葉　漫画：蚊
キャラクター原案：みなせなぎ

雷帝と呼ばれた最強冒険者、
魔術学院に入学して
一切の遠慮なく無双する
原作：五月蒼　漫画：こばしがわ
キャラクター原案：マニャ子
モブ高生の俺でも
冒険者になれば
リア充になれますか？
原作：百均　漫画：さぎやまれん
キャラクター原案：hai
魔物を狩るなと言われた
最強ハンター、
料理ギルドに転職する
原作：延野正行　漫画：奥村浅葱
キャラクター原案：だぶ竜
COMIC NOVA ノヴァ
話題の作品
続々連載開始!!
https://www.123hon.com/nova/

BRAVENOVEL
ブレイブ文庫

雷帝と呼ばれた最強冒険者、魔術学院に入学して一切の遠慮なく無双する 3

2023年6月26日　初版発行
著　者　　　五月蒼
発行人　　　山崎　篤
発行・発売　株式会社一二三書房
〒101-0003 東京都千代田区一ツ橋2-4-3
光文恒産ビル
03-3265-1881
印刷所　　　中央精版印刷株式会社

■作品の感想、ファンレターをお待ちしております。
■本書の不良・交換については、メールにてご連絡ください。
株式会社一二三書房　カスタマー担当
メールアドレス：support@hifumi.co.jp
■古書店で本書を購入されている場合はお取替えできません。

■価格はカバーに表示されています。
■本書は小説投稿サイト「小説家になろう」（https://syosetu.com/）に掲載された作品を加筆修正し書籍化したものです。

ISBN978-4-89199-972-8 C0193